Noël, Ma famille et Lui !

Justine Pottier

Dédicace

Prologue

Je me présente, Joana, vingt-six ans, sportive, qui a vu son rêve partir en fumée un soir de Noël. Mon bonheur est d'avoir une famille unie et aimante pour m'épauler. Sans eux, je ne sais pas comment j'aurais fait pour m'en remettre. Tant physiquement que psychologiquement. Mes frères et sœurs m'ont soutenue de bien des manières. Bien que je me sois toujours sentie différente, mon entourage n'en a jamais tenu compte. Puis, j'ai eu la chance de trouver des amis sincères et précieux de qui j'étais proche. Enfin, c'est ce que je pensais. Certains ont même été plus que cela. À eux tous, ils formaient mon noyau, ma raison d'être. Ils se connaissent et s'apprécient, et cela suffit à mon bonheur.

Jusqu'à ce Noël…

Cette période est sacrée pour nous. Nous la célébrons souvent de la même manière, ou devrais-je dire : «nous la célébrions», car depuis mon accident, il y a quatre ans, elle a une saveur particulière. Notamment, lorsque les personnes qui comptent le plus pour moi ont des secrets. J'en viens à me demander si, parfois, ils ne choisissent pas Noël exprès. Chaque année, je redoute qu'il soit encore pire que le précédent. C'est à croire qu'ils se sont donné la mission ultime de tous me les pourrir, et ce, jusqu'à la fin de ma vie !

Au fond, je suis sûre que non. Mais ce que j'apprends à cet instant m'achève. J'ai besoin d'air et de m'éloigner d'eux. Je leur fais de la peine, pourtant je refuse de rester ici, à les regarder s'aimer, être heureux, alors que je me sens trahie encore une fois…

6

Chapitre 1

Joana

4 ans plus tard

Je cours pour rejoindre rapidement le restaurant où Théo m'attend. Je suis encore à la bourre, il va me tuer! Il a horreur de ça et moi, je suis quasiment née en retard. À ma naissance, la sage-femme a dû venir me chercher tandis que mon frère jumeau est arrivé sans problème cinq minutes avant moi.

Je sors de mes pensées une fois la devanture du *Roi de la paëlla* à quelques mètres de moi. Je pousse la porte avec toute l'énergie qui me caractérise, et VLAN!

Oh putain, qu'est-ce que j'ai encore fait?!

Le pauvre serveur me regarde dépité devant son plateau renversé.

— Je suis désolée, bafouillé-je en l'aidant à ramasser les débris.

Tout en me fustigeant intérieurement, je remarque deux paires de chaussures qui me font face. En relevant les yeux, je prie pour que ce ne soit pas qui je pense, mais c'est peine perdue. La poisse

me tient, quoi que je fasse, partout où je vais. Je ne vous explique pas les repas de famille.

Enfin, quand j'y suis. Car depuis quatre ans, je fais tout mon possible pour les éviter. À part mes parents et Julia, ma petite sœur, je ne vois plus personne, du moins j'essaie. Malheureusement pour moi, cette année je n'y couperai pas.

Mon petit ami me tend la main et je la saisis sous le rire de l'énergumène qui lui sert de meilleur pote.

— Non, mais franchement, Joana, tu mériterais la palme chez Vidéo Gag! se moque-t-il.

Je le fusille de mon regard noir, ce qui ne lui fait rien, bien évidemment. Le contraire serait trop simple.

— Salut, bébé, tu vas bien?

Comme seule réponse, j'étire mes lèvres dans un sourire et embrasse Théo, histoire de faire chier Benjamin. Je ne peux pas le voir en peinture, quoiqu'en peinture ça irait peut-être, car je n'aurais pas à entendre ses railleries incessantes.

Nous prenons place à notre table, où ils devaient m'attendre depuis un moment, car leurs verres sont entamés.

— Tu nous excuses, bébé, nous avons commencé sans toi.

— Ne t'inquiète pas pour moi, j'évite les boissons en semaine, dis-je en m'installant avec mon sac à mes pieds.

Discrètement, j'observe celui que j'ai surnommé la chandelle, étant donné qu'il est toujours avec nous, il sourit et cela m'exaspère. On ne peut pas sortir sans qu'il soit présent, sous prétexte que Théo ne veuille pas le froisser. Et il doit le faire exprès pour m'emmerder.

Nous sommes incapables de nous entendre et ce n'est pas près de changer! Encore, s'il ne se foutait pas de moi à longueur de temps, ça pourrait passer. Seulement, pour ça, il faudrait que je sois moins maladroite. Benjamin est arrivé en ville il y a un an, bien avant ma rencontre avec Théo. Eux sont amis depuis le lycée.

Je me souviens de la première fois que je l'ai rencontré. Je suis prof de sport et il est le père de Tristan, l'un de mes jeunes. Le proviseur a voulu me le présenter lorsqu'il lui faisait le tour du lycée. Il m'a appelée, mais à ce moment-là, un des mômes m'envoyait un ballon. Résultat, je me le suis pris en pleine tête, sous les yeux de mon nouvel élève et son paternel. Avec le fils, ça a tout de suite collé, sûrement parce qu'on a la même passion. Il veut devenir handballeur professionnel et je pratique beaucoup ce sport avec mes classes.

Avec Benjamin, en revanche, comment dire… Au début, il était sympa, puis, un jour, je me suis ramassée comme une merde devant lui. La seule réaction qu'il a eue a été de se foutre de moi avec les autres parents. Depuis, il me débecte. Pourtant, il est plutôt beau gosse, bien bâti avec des épaules carrées. Sa carrure pourrait être celle d'un grand sportif, mais il est architecte… *c'est pas mal aussi !* Il est l'archétype du beau gosse : blond, les yeux bleu-vert, une fossette placée sous sa barbe parfaitement taillée, style hipster. Dire que je croyais qu'il me draguait.

Quelle cruche !

Je ne comprends toujours pas ce qui les lie, Théo et lui. Ils sont si différents. Mon copain est plus chétif, mais pas moins beau pour autant. *Gamer,*[1] de profession, rasé de près.

Absorbée par mes pensées, je suis vite de retour à la réalité quand un coup de coude envoie valser ma fourchette à travers la salle.

Bordel, quand est-ce que ça va s'arrêter ?

Tout le monde me regarde. Rouge pivoine, je file la ramasser avant d'aller en demander une autre au serveur.

— Pardon, bébé. Cette fois, c'est de ma faute, mais tu étais un peu ailleurs, non ? s'excuse-t-il.

---

1 Joueur assidu ou fan de jeux vidéo

Il ne peut pas faire attention, merde à la fin ! Je prends sur moi pour ne pas m'énerver. J'ai assez de mes propres bourdes quotidiennes, sans qu'il n'en ajoute d'autres.

— Ce n'est rien, murmuré-je en serrant les dents. Tu disais ?

Il pose sa main sur la mienne, ce qui a pour effet de me rendre méfiante. Habituellement, Théo n'est pas très tactile en public. Je flaire le mauvais plan arriver.

— Jo ! Bébé ? Tu sais que je n'ai plus de parents et Noël approche.

Je hoche la tête, un sourire crispé aux lèvres.

Vous sentez venir le truc, vous ? Moi oui, et ça ne m'arrange vraiment pas.

— Du coup, je me demandais si tu aimerais qu'on le passe ensemble. Ben et Tristan veulent partir en vacances, on ne sera que nous deux.

Je reste muette un instant, cherchant comment refuser sans paraître méchante, mais ne trouvant rien, j'opte pour la franchise.

— Je suis en famille et tu sais comme ils sont conservateurs.

Moi, mentir ? Pas vraiment, je limite la casse, c'est tout. L'honnêteté sera finalement pour un autre jour…

— Ah ! Et si je venais juste en ami ? insiste-t-il en jetant un œil à son pote.

Oh ! Là, c'est pire ! Hors de question d'emmener quelqu'un dans ma famille, encore moins un homme. On sait ce que ça a donné les dernières fois ! J'ouvre la bouche pour répondre, mais je suis coupée par son portable. Il s'excuse et sort du restaurant le téléphone à la main.

— Sauvée par le gong, comme on dit ! sussure Ben en prenant une gorgée de sa boisson.

Je souffle, exaspérée d'être seule avec lui.

— Je ne vois pas de quoi tu parles, rétorqué-je en le fixant.

Son rire m'horripile et me fait démarrer au quart de tour.

— Et toi, toujours à te taper l'incruste ? T'en n'as pas marre de tenir la chandelle ?

Il pose ses coudes sur la table, son menton repose sur ses mains pour mieux m'observer. Me déstabiliser.

— Théo m'invite, je ne fais qu'accepter, mais toi ? Pourquoi tu ne veux pas qu'il rencontre ta famille ?

Je prends la même posture que lui, accentuant mon décolleté. Je le vois loucher dessus et souris, je ne suis pas très gâtée par la nature, mais un bon push-up et le tour est joué.

— Comme je l'ai dit, ils sont vieux jeu, ils ne rencontreront pas mon homme si nous ne sommes pas au minimum fiancés.

Je fais de mon mieux pour être convaincante seulement il tique, et son sourire carnassier le prouve.

— Je vois… Donc, j'ai juste à suggérer à mon ami de te demander en mariage ! s'écrit-il avec enthousiasme.

Choquée, ma bouche s'ouvre sans prononcer un son. *Non, mais il se fout de moi, là ?* Il ne va pas faire ça quand même ! Je ne suis pas prête, moi, et puis, ça ne changerait rien à mon problème, hors de question qu'il les rencontre. Faudrait au moins qu'on soit mariés pour ça. Ou que ma sœur le soit, au choix…

— Je suis désolé, je dois partir, une partie importante a été décalée. Je joue dans une heure, s'excuse Théo en prenant son manteau.

Je me concentre sur celui qui, encore une fois, me lâche pour son boulot. Je commence à me lever, mais sa main me presse l'épaule me stoppant dans mon élan.

— Reste, bébé, Ben te raccompagnera après votre dîner. Profitez-en pour enterrer la hache de guerre. Ça serait cool que vous arriviez à vous entendre.

En croisant le regard de Benjamin, je constate qu'il est aussi emballé que moi par cette perspective.

— Je suis à pied, comment veux-tu que je la ramène ? questionne-t-il.

Je lève les yeux au ciel.

— Laisse tomber, je peux rentrer seule, sur mes jambes.

Sarcastique, moi ? Peut-être…

— Vous êtes venus en marchant alors que vous êtes à trois kilomètres d'ici ? s'étonne mon petit ami.

— L'exercice est bon pour la santé !

Je réponds en écho avec Benjamin faisant rire Théo.

— Voilà, vous avez un sujet de discussion. Vous êtes tous les deux sportifs, parlez-en.

Il dépose un baiser aussi léger qu'une plume sur mes lèvres demandeuses et s'en va sans se retourner.

Me voilà seule avec le plus rustre des hommes qu'il m'ait été donné de rencontrer. J'ai de plus en plus de mal avec les absences de Théo. Tout est prétexte à me faire passer en dernier. C'est à croire que notre couple est une mascarade !

Je me lève et quitte l'établissement sans attendre une minute. « La chandelle » me suit de près. Je franchis la porte fièrement quand je suis stoppée dans mon élan.

Merde, qu'est-ce qu'il m'arrive à la fin !

En me retournant, je constate que Benjamin se fout de moi une fois de plus, et que la lanière de mon sac est prise dans la poignée de la porte. Agacée, je l'arrache sans un regard pour lui et file chez moi.

Chapitre 2

Ben

Comment fait-elle pour ne pas s'en apercevoir ? Ce n'est pas la première fois qu'il la plante en plus ! J'adore mon pote, mais laisser sa compagne en pleine soirée pour une partie de jeu vidéo me sidère. Cela dit, ça m'arrange, j'aime être en sa présence. Encore plus en voyant la moue boudeuse qu'elle m'offre. Cette nana à un je-ne-sais-quoi qui m'agace et me rend curieux. Seulement, même si je me suis tout de suite intéressé à elle, l'idée ne serait pas bonne. Surtout depuis qu'elle a choisi mon meilleur pote. Théo est le seul à m'avoir soutenu à l'arrivée de Tristan et je refuse de laisser mon attirance pour elle se mettre entre nous. Cependant, aujourd'hui, c'est plus fort que moi, j'ai envie de l'enquiquiner.

Je la suis et essaie tant bien que mal de cacher mon rire en détachant la lanière prise dans la porte.

Elle râle et part aussi rapidement que ses jambes le lui permettent. J'aimerais la raccompagner, mais elle a toujours eu un vrai souci avec moi sans que je n'en comprenne la raison. De toute façon, ce n'est pas vraiment ma direction et nous serons amenés à nous revoir prochainement, car mon fils fait partie de ses élèves. Il a

très vite pigé qu'elle ne me laissait pas indifférent, surtout lorsqu'il a appris que j'allais faire mon jogging à l'opposé de chez nous uniquement pour la croiser.

Persuadé que c'était réciproque, je ne l'ai pas caché. Et puis… Elle s'est mise avec Théo.

Mais je suis patient…

Chapitre 3

Joana

Sur la route pour aller au boulot, ma mère m'appelle pour vérifier que je ne me défile pas avant le grand départ. Nous devons partir dès samedi pour une semaine entière de repos, incluant Noël, évidemment. Déjà quatre ans que j'esquive les repas de famille, alors même si au fond, je suis contente de les revoir, l'angoisse m'envahit. Depuis ce réveillon passé ensemble, nous n'échangeons que rarement. Quelques SMS, tout au plus, mais cela s'arrête là. Ils n'ont pas compris mon éloignement, mais la dernière annonce a été la goutte d'eau qui a fait déborder le vase. Ce soir-là, je n'ai pas crié ni pleuré. Non, je me suis évertuée à ignorer les regards en coin ou éluder les questions sur ma vie sentimentale.

Ma famille compte plus que tout, pourtant j'ai toujours eu cette impression d'être le vilain petit canard. Mon sentiment s'est renforcé lorsque j'ai eu mon accident. Promise à une grande carrière, tout comme eux. Certes, dans des domaines différents, mais une belle carrière quand même. Quand tout s'est stoppé pour moi, un fossé s'est creusé entre mes sœurs, mon frère et moi. Et je ne parle pas du premier réveillon après l'arrêt de ma profession…

Revenant à moi, je confirme à Jane, ma mère, que je suis prête à aller skier avec eux. Mes parents ont loué un chalet dans les Pyrénées-Orientales. Une semaine de glisse, de randonnées et surtout, de chocolats chauds sous un plaid. Le rêve…

En attendant le grand départ, je dois assurer mes cours. Théo m'a appelée chaque soir comme il le fait habituellement et à l'inverse de ce que je pensais, il ne m'a pas reparlé de Noël. Je suppose qu'il a compris, mais je lui ai promis qu'on passerait le Nouvel An ensemble, ce pour quoi il semblait heureux. Malgré tout, quelque chose me gêne sans savoir quoi. Incapable de mettre le doigt dessus. Je suis amoureuse, j'en suis convaincue et lui aussi. Notre relation simple me convient, pourtant au fond de moi, un pressentiment s'est immiscé et…

— Madame Moreau, attention !

Eh merde !

Perdue dans mes pensées, je n'ai pas fait attention au ballon.

Oui, vous pouvez le dire, encore…

Je me frotte le front et cours pour rejoindre mes élèves. Ils sont tous morts de rire, je ne leur en veux même pas. Ce sont des ados de seize/dix-sept ans, c'est évident qu'ils vont se moquer. J'ai d'ailleurs pris l'habitude de faire un spitch dès la rentrée pour les prévenir de ma maladresse. Ils sont donc autorisés à rire de moi, mais ça doit rester entre nous. Pas de vidéo filmée à mon insu ni de commérage.

Je me débrouille assez bien toute seule pour me ridiculiser, pas besoin d'en rajouter.

— Allez, ça suffit pour aujourd'hui ! Je vous souhaite de bonnes vacances et on se voit à la rentrée.

Ils partent tous en me souhaitant la même chose et je m'apprête à ramasser les plots quand j'entends :

— Attendez, je vais vous aider, madame Moreau !

Je souris à mon élève et on rassemble tout dans le local.

— Merci, Tristan. Rentre chez toi et passe de bonnes vacances.

Il se retourne, mais avant de passer le portail, il me demande :

— Passez de bonnes vacances aussi, vous allez skier ?

Je le regarde étonnée qu'il sache que j'aille à la montagne.

— Euh non, je suis plutôt snowboard même si cela fait quelques années que je n'ai pas pratiqué, mais comment tu le sais ?

Il s'arrête, hausse les épaules et au sourire qu'il m'adresse, j'ai l'impression d'être devant son père.

Bordel, il est partout, ce con !

Heureusement, Tristan n'est pas Benjamin, car je ne suis pas sûre que j'aurais réussi à le supporter toute l'année.

— Ah cool ! Je ne suis jamais allé à la montagne. Vous nous en avez parlé en cours, il y a quelques semaines. Font Romeu, c'est ça ?

Je hoche la tête rassurée. Je n'aime pas vraiment mélanger vie privée et professionnelle.

— Eh bien, peut-être qu'un jour ton père t'y emmènera.

Il continue de sourire et au même moment, un groupe d'élèves surexcités me rentre dedans. Je me retrouve propulsée en avant, prête à rencontrer le goudron. Je ferme les yeux comme si cela allait m'éviter de me ramasser et je me heurte à un truc dur, mais étrangement, j'ai toujours les pieds au sol. Je soupire de soulagement, heureuse d'avoir échappé au pire.

— Décidément, je vais finir par croire que tu ne peux pas te passer de moi !

Putain, cette voix !

Elle me fait frissonner d'agacement. *Si, si, d'agacement, hors de question que ça soit autre chose.* J'ouvre les yeux et fusille du regard l'homme qui me retient par le bras. Je recule d'un pas et me frotte le front plus par réflexe qu'autre chose. Cependant, j'avais oublié

ma bosse due à la mauvaise réception du ballon de basket pendant mon cours.

— C'est plutôt l'inverse, non ? Bizarre que tu sois toujours présent quand je manque de tomber ! rétorqué-je agacée de lui fournir des munitions pour se moquer de moi.

Il essaie de cacher son sourire, *ou sa grimace, voyez cela comme vous voulez,* dans sa main, seulement, je ne suis pas dupe. J'apprécierais que mon regard puisse l'envoyer à plusieurs centaines de kilomètres de moi !

— Bien sûr ! Et bientôt, tu vas dire que c'est moi qui t'ai poussée ! Tu es dingue !

Choquée qu'il puisse me parler ainsi, je recule de deux pas afin de mettre fin à cette discussion qui ne mène à rien, puis retourne au lycée récupérer mes affaires.

Non, mais pour qui il se prend celui-là ?

Personne ne me traite de dingue, jamais ! Certes, mes maladresses me font souvent passer pour une personne différente aux yeux des autres, mais je ne suis pas folle ! La différence n'est pas une tare ! Mes bourdes font de moi qui je suis ! Au moins, personne ne s'ennuie quand je suis dans les parages. Ils ont toujours de quoi rire, même si c'est de ma pomme, c'est déjà ça !

Lui qui s'incruste constamment à nos rencards, il peut parler ! Je pourrais bien le traiter de fou, moi aussi, après tout, il est partout. Au lycée, il fait partie des parents d'élèves qui assistent aux réunions pédagogiques et en dehors, je le croise même pendant mon jogging. Il n'y a pas un jour où je ne l'aperçois pas.

Arrivée chez moi, je vérifie trois fois ma valise. Mon père passe me prendre demain matin à l'aube et hors de question d'oublier quoi que ce soit. Puis je profite de mon bain pour appeler Julia, ma sœur cadette. Nous avons deux ans d'écart, et surtout, c'est la seule avec qui j'accepte de parler depuis quatre ans. Nous sommes totalement différentes toutes les deux, mais ça ne change pas vraiment des autres. Eux sont tous des érudits et moi, la sportive. Julia est ingénieure en informatique, toujours sur un ordi, alors que moi, je tuerais pour pouvoir passer mon temps sur un terrain à mettre des buts, pourtant nous nous entendons bien.

Les sonneries s'égrènent jusqu'à ce que sa respiration hachée me parvienne.

— Oui ?

Julia paraît essoufflée et je suis surprise.

— Euh, je te dérange ?

Elle parle à quelqu'un avant de revenir vers moi.

— Non, j'étais avec des amis en ligne. Tu es prête pour demain ?

— Oui, t'inquiète pas ! Tu viens avec Jonathan et Vince ? m'informé-je en fermant le robinet.

Jonathan est mon jumeau et Vince, son compagnon, ils sont ensemble depuis quelques années maintenant. Mon frère a toujours su qu'il était homo, nous ne l'avons jamais jugé pour ça. Contrairement à ce que j'ai pu dire à Théo, ma famille est ouverte d'esprit, peut-être plus que moi finalement.

D'ailleurs, maintenant que j'y pense, il n'a jamais vu aucune photo de ma tribu, rien dans cet appartement ne me rappelle ceux que j'ai quittés. Il m'est impossible d'oublier le sentiment de trahison que j'ai pu ressentir ce soir-là.

Je reviens au présent un goût amer dans la bouche à cette pensée pour entendre Julia me confirmer sa venue avec eux et me raconte sa semaine et surtout, les plans qu'elle a faits pour les vacances. Je l'écoute attentivement tout en jouant avec la mousse de mon bain. Nous raccrochons environ trois quarts d'heure après et l'eau me semble gelée.

Le trajet dure toute la journée et lorsque nous arrivons, il fait nuit noire. J'ai pris le volant deux fois pour deux heures et j'avoue que je suis vannée. Mais pas au point de ne pas voir les voitures de mes frangins garées sur le côté, signe qu'ils sont bien là. Je récupère ma valise, mon sac à main et je monte dans ma chambre après avoir souhaité une bonne nuit à mes parents. Je n'ai croisé aucun des autres membres de ma famille et je ne m'en porte pas plus mal. Ça me laisse le temps de mettre mon armure à toute épreuve avant de les affronter.

Après une longue nuit de sommeil, je me lève et rejoins le brouhaha qui me guide vers la cuisine. Je ne prête pas attention aux regards appuyés et me sers une tasse de café. Ils savent tous que sans mon breuvage du matin, je suis à prendre avec des pincettes. Je m'installe en bout de table et après avoir bu ma première gorgée, je me lance, nerveuse :

— Bonjour, tout le monde !

Ils restent tous plus ou moins muets, j'entends quelques chuchotements, puis remarque des corps mouvants dans mon champ de vision encore pas tout à fait réveillée. Quatre chaises raclent le sol et j'ai devant moi, toute ma fratrie. Jonathan à ma gauche, à ses côtés, Judith, la plus âgée d'entre nous. À ma droite, Julia s'installe suivie de Joyce qui a trois ans de plus que moi. La boule au ventre, je sais qu'il faut que je parle. Après tout, c'est moi qui me suis éloignée d'eux, je dois faire le premier pas.

— Qu'est-ce que vous me voulez de si bon matin ? demandé-je méfiante.

Ils se dévisagent tous avant que Jonathan prenne la parole.

— On est juste contents de te voir. Tu nous as manqué.

Ils hochent tous la tête pour appuyer les propos de mon jumeau. Je finis ma tasse d'une traite pour cacher le bien-être que je ressens à ces mots me donnant le courage nécessaire pour répondre :

— Vous aussi, vous m'avez manqué, mais j'avais besoin de m'éloigner, expliqué-je fébrilement en posant mes yeux dans chacune des prunelles qui m'observent.

— On comprend.

Je suis surprise d'entendre Joyce, la plus timide d'entre nous. Elle triture ses doigts n'osant pas me regarder. Elle a toujours été comme ça, nerveuse et réservée. Jonathan prend ma main et Julia prend l'autre fermement. Nous nous tenons tout autour de la table, enfin réunis.

— Bon, j'espère que vous êtes prêts à dévaler quelques pistes ? m'exclamé-je pour cacher mes émotions et éviter à mes larmes de couler.

À leurs têtes, ils ne s'attendaient pas à cette question. Je me force à rester sérieuse un long moment. Seulement, en les voyant chercher des excuses plus farfelues les unes des autres, je ne peux me retenir et explose de rire.

En comprenant que je les charrie, ils m'imitent et c'est ainsi que nous découvrent nos parents. Leurs sourires valent mille mots. Ils sont heureux de nous retrouver à nouveau unis. Et je dois bien me l'avouer, ils m'ont vraiment manqué. Maintenant, en leur présence, je m'en rends compte.

Commence alors la répartition des tâches et des activités que certains veulent absolument faire ensemble. Rapidement, je constate que je serai entourée de mes beaux-frères pour descendre les pistes et que l'autre partie de la famille fera soit des balades en raquettes, soit de la luge avec les enfants.

Judith a deux garnements de cinq et deux ans. Et Joyce, son fils a presque trois ans. Il va donc falloir s'en occuper et leur trouver des activités adaptées.

Chapitre 4

Ben

— T'es sûr de toi ? demandé-je encore à mon meilleur ami.

Pas qu'il vienne avec nous me dérange, mais ça va freiner mes plans. Il a pris son propre logement et m'a promis qu'il nous laisserait tranquilles, Tristan et moi, seulement il ne sait pas que sa copine est ici.

— Oui, c'est la bonne décision. Jo ne peut pas passer Noël avec moi alors autant partir quelques jours, m'assure-t-il en montant dans la voiture.

J'acquiesce sans rien ajouter. Qu'est-ce que je pourrais dire de plus ? Franchement ? Tristan secoue la tête en me fixant avant de grimper à l'arrière du véhicule.

Il pense qu'amener Théo avec nous sans lui dire que sa copine sera dans la même station va nous causer des ennuis. Il n'a sûrement pas tort, mais je ne me vois pas dire à mon meilleur pote. : « Eh, je compte séduire ta femme là-bas. Tu crois l'aimer, mais vous êtes trop différents et en plus, je l'ai vue en premier ! ».

Pas certain qu'il soit d'accord avec mes projets.

Je ferme le coffre après y avoir mis nos valises et me faufile derrière le volant. C'est parti pour plus de dix heures de route.

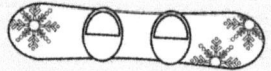

— Aller, Pa', grouille !

Je regarde mon fils déjà prêt à dévaler les pistes alors que je viens juste de me lever. On est arrivés tard et je n'ai même pas eu le courage de défaire mes bagages avant de plonger dans le sommeil. J'avale mon café rapidement et croque dans un morceau de pain beurré, histoire de ne pas partir le ventre vide.

— Laisse-moi dix minutes, j'arrive ! réponds-je en allant dans ma chambre.

Qu'est-ce que j'aimerais avoir un ado qu'on a du mal à lever parfois ! Non, parce qu'on m'avait dit qu'à cet âge, ils étaient paresseux et passaient leur temps à dormir ou sur leur écran. Bah, ils ne connaissent pas Tristan. Je dois bien avouer que c'est de ma faute, je l'ai habitué à se lever tôt. Déjà lorsqu'il était bébé, je faisais mon footing avec la poussette.

Le sport était ma passion, je voulais en faire mon métier, puis il est arrivé et j'ai dû prendre mes responsabilités.

Attention, je n'ai pas de regret, mon fils est ma priorité et je suis heureux qu'on soit si complices. L'élever n'a pas été facile sans sa mère. Cette présence dont chaque enfant a besoin a dû lui manquer, mais il peut compter sur moi.

Je me prépare en vitesse et le rejoins à la porte.

— Avec un peu de chance, on tombera sur Mme Moreau, s'enthousiasme-t-il.

— Toi, tu es là pour t'amuser ! Laisse-moi gérer mes affaires.

Il secoue la tête en commençant à descendre les étages. Je le suis et une fois les pieds dans le peu de neige qui n'a pas été balayée par la déneigeuse, il reprend :

— Ouais, bah emmener le mec de ton *crush*[2], ce n'est pas la meilleure idée que tu pouvais avoir, me rembarre-t-il en scrutant le moindre recoin de la station.

Je grogne, agacé parce qu'il a raison sur ce coup-là.

— Je n'allais pas le laisser seul pour Noël, tu sais qu'il le passe avec nous chaque année.

— Oui, mais là, c'est différent. On est en vacances père-fils. En plus, je me demande bien ce qu'il va faire ici toute la semaine. Tu es sûr que Joana ne lui a pas parlé d'où elle allait ?

— Non, il me l'aurait dit, affirmé-je en fixant une personne au loin.

— Alors pourquoi est-il ici ?

— Je ne sais pas trop, mais j'ai peur d'avoir une idée, réponds-je en haussant les épaules pour ne pas montrer à mon fils ce que je venais d'apercevoir.

Il va vraiment falloir que je parle à ce Don Juan de pacotille…

2 Personne par laquelle on est attiré.

Chapitre 5

Joana

Pour ce matin, le programme est clair, ceux qui vont skier ou faire du snow vont chercher leurs équipements et prendre leurs abonnements pour les remontées mécaniques. Les autres iront se renseigner sur les activités proposées dans le village. Mes parents suggèrent de faire les courses et que l'on se rejoigne tous le midi.

Je sors du magasin de location avec tout mon barda et scrute les pistes qui me font face. Je souris en savourant le froid qui mord mon visage. J'ai hâte de pouvoir dévaler la poudreuse et sentir toute l'adrénaline que cela va me procurer. J'espère retrouver tous mes instincts, même si les médecins m'ont assuré après ma rééducation, il y a trois ans, que je pouvais refaire toutes mes activités sportives, il faut quand même que je fasse attention. Mon genou est plus fragile qu'avant et comme je ne suis pas revenue ici depuis quatre ans, j'appréhende. Nous venions tous les ans, toujours en famille. Je sais qu'ils se sont tous privés de ça, parce que je refusais de partir avec eux. Mes parents ne voulaient pas laisser un de leurs enfants seul pendant toute la période de Noël. Je ne leur ai jamais rien demandé, mais j'étais quand même contente de pouvoir aller chez eux le vingt-cinq pour leur apporter leurs cadeaux.

Je regarde du côté de l'office du tourisme, espérant apercevoir une partie de ma famille, sans succès. Vince finit par apparaître à mes côtés.

— Tu viens, on va les attendre sur le banc là-bas. Ils en ont encore pour un moment.

Je le suis de bonne grâce, installe mes fesses sur le dossier, les jambes allongées sur l'assise. Être avec Vince paraît simple, pourtant cela fait quatre ans que nous ne nous sommes pas vus. Autrefois, nous étions proches, j'ai toujours eu plus d'amis hommes que femmes. Sauf dans mon équipe de handball, là, j'avais enfin trouvé ma place, mais ça n'a pas duré après mon accident. Je prends une grande inspiration en savourant l'air vivifiant de la montagne pour chasser mes sombres pensées.

— Comment tu vas ? Tes élèves ne sont pas trop durs cette année ? demande-t-il en brisant le silence qui devenait gênant.

— Ça va, ils sont plutôt cool pour le moment, réponds-je en souriant.

— Tu leur prodigues toujours ton discours sur tes maladresses ?

Je lève les yeux au ciel et acquiesce, le faisant rire. Je lui frappe le bras et quand je regarde au loin, j'ai un sursaut. Une silhouette m'intrigue, j'ai l'impression de la connaître. Suivant la forme, j'essaie de me souvenir, seulement, on me bouche la vue.

Après le déjeuner, les garçons et moi allons arpenter les pistes. Nous en sommes à notre troisième descente quand une nouvelle fois en haut de la piste, j'entends un sifflement. Je regarde en arrière sans trouver d'où ça vient. Je resserre mes straps[3] et vérifie les spoilers[4] avant de repartir, car après une légère appréhension au début, je m'éclate.

---

3 L'attache qui tient le dessus du pied.
4 L'attache qui retient l'arrière du pied.

— Tu fais encore des ravages, toi !

Mon beau-frère, Anton, me fait signe de zieuter derrière moi. Je me relève lentement et jette un œil. Deux personnes, snowboard à la main, reluquent mon cul sans vergogne.

— Ça va ? Je peux vous aider ? les apostrophé-je d'une voix forte.

Je me retourne et quand ils ôtent leurs masques, je les reconnais.

— Non, mais c'est une blague ?!

Chapitre 6

Ben

Me faire prendre à la mater n'était pas dans mes projets. Mais comment j'aurais pu la reconnaître avec sa combinaison? Mon masque retiré, je souris de découvrir l'expression choquée sur son visage.

— Non, mais c'est une blague?! s'énerve-t-elle.

Je discerne un mec à ses côtés et perds mon sourire. S'il est si près d'elle, c'est forcément qu'ils se connaissent. Et vu le peu de ressemblance entre eux, ils ne sont pas de la même famille.

— Bonjour, m'dame Moreau! Alors ça, le monde est petit, non? fait semblant de s'étonner Tristan.

Mon fils est bon comédien quand il veut.

— Ce n'est pas petit qu'il est, mais carrément minuscule, si tu veux mon avis! marmonne-t-elle les mains posées sur les hanches.

L'observer se contenir pour ne pas s'énerver devant son élève me fait sourire. Cette femme ne se rend pas compte de sa beauté. Et je la trouve mille fois plus belle quand elle est en colère ou qu'elle croit que personne ne la regarde. Mes iris la scannent de haut en bas jusqu'à tomber sur la planche qu'elle tient.

— Eh bien, si tu es aussi douée sur ce snow que pour créer des catastrophes, ça va être drôle, dis-je la rendant encore plus folle de rage.

Elle se retient de répondre en levant les yeux au ciel avant de nous souhaiter un bon séjour et de glisser comme une pro sur la poudreuse.

— Franchement, Pa', t'es obligé de la chercher à chaque fois ? s'exaspère mon fils avant de dévaler la pente.

— Je n'y peux rien, c'est plus fort que moi. Elle me rend fou à s'énerver dès que j'apparais dans son champ de vision. La taquiner est devenu un de mes passe-temps favoris, m'exclamé-je sans réfléchir.

Nous continuons notre après-midi, mais je perds de vue Tristan. Il profite et il a raison. Je l'ai vu à un moment fanfaronner devant un groupe de filles juste avant de se gameller. Qu'est-ce que j'ai pu rire, j'en ai eu mal au ventre.

Je sors de mes pensées au moment où je dois ralentir pour quitter la piste. Seulement, je n'ai pas le temps de me stopper que je rentre dans quelqu'un nous propulsant contre la barrière. Complètement enchevêtré, je grogne contre l'autre skieur. J'essaie tant bien que mal de me lever.

— Putain, mais faites gaffe bordel, vous allez me bousiller le genou ! crie la voix de la furie.

Je finis par réussir à me relever alors que Joana sort de la piste en boitant. Je reconnaîtrais sa voix entre mille.

Bordel, mais c'est vraiment une catastrophe cette femme ! Elle va se tuer un jour. Je fulmine, c'est plus fort que moi. C'est fou d'attirer les gamelles comme ça ! Je la suis, prêt à en découdre, je me mets à crier :

— Qu'est-ce que tu foutais encore là, bordel ? Tu ne sais pas que c'est dangereux ? C'est quand même simple. Quand tu as terminé ta descente, tu sors pour laisser ta place, mais non, faut toujours que tu prennes des risques, toi ! Comme si tu n'étais pas déjà une menace pour toi-même !

Elle se tourne vers moi le visage rouge de rage. Elle s'apprête à me répondre et j'attends secrètement qu'elle le fasse. Je n'ai pas trouvé d'autre moyen que de l'engueuler pour exprimer mon angoisse, mais deux mecs viennent nous interrompre.

— Merde, Jo, ça va ?

Dos à eux, je la vois fermer les yeux et prendre une grande inspiration. Elle se tourne et j'entends ces gars s'inquiéter. Je m'éloigne, agacé de cette intrusion. Décidément, cette femme est un vrai mystère. Elle refuse que son petit copain l'accompagne, mais elle se promène avec des tas de types différents. Et aucun ne paraît être son frère. Aucun ne lui ressemble vraiment. Me serais-je trompé sur elle ?

J'enlève mes fixations, plus du tout motivé à continuer. Je commence à marcher pour rejoindre un endroit où me poser, quand mon fils passe comme une flèche devant moi. Je me tourne et le suis des yeux surpris de son comportement.

Il se précipite vers la cascadeuse et l'arrête dans son élan. Je souris, il aime vraiment bien sa prof. C'est une des raisons pour laquelle elle m'attire autant. Rares sont les femmes avec qui je suis sorti que Tristan ait appréciées. Et pour moi, c'est primordial qu'il accepte la personne avec qui j'ai une relation. Je profite de sa discussion avec elle pour me rapprocher. Je dois m'excuser. J'ai été dur et même si j'ai eu peur en réalisant que c'était elle que j'avais percutée, elle ne méritait pas mes foudres. Je ne comprends pas trop cet instinct de protection pour elle, mais il est présent depuis notre première rencontre.

Ce jour-là, elle s'est pris un sacré coup sur la tête et pourtant, elle plaisantait. J'ai tout de suite admiré son autodérision. Elle n'a même pas engueulé son élève, comme si c'était tout à fait normal de se prendre un ballon en plein visage.

Je suis à quelques pas d'eux quand elle me jette un regard noir. Perdu dans mes pensées, je n'ai pas entendu l'échange qu'elle a eu avec mon fils. Puis, elle s'échappe en boitant, aidée par ses gardes du corps.

Chapitre 7

Joana

— T'es chiante ! On sait que t'es douée, pas besoin de nous narguer ! ronchonne Sofiane.

Je me marre et les suis pour une nouvelle descente. Nous passons tout l'après-midi sur les pistes et je termine ma dernière glisse, crevée. Je suis assez fière de moi, tous mes réflexes sont revenus et je n'ai pas une égratignure. J'avance pour sortir de la voie quand j'entends mon nom. Curieuse, je me retourne et découvre Tristan, je lui fais signe que je l'attends en dehors de la piste, mais je n'ai pas le temps de faire un pas de plus qu'un gros poids m'emporte. Bloquée par la personne qui m'est rentrée dedans, je grogne. Elle essaie de se relever, mais nos membres inférieurs sont emmêlés et en s'appuyant sur le sol, c'est ma rotule qu'elle écrase.

— Putain, mais faites gaffe bordel, vous allez me bousiller le genou !

Je ne sais pas qui est cette personne, mais elle n'est pas délicate. Après maintes contorsions, nous arrivons à nous mettre debout. Je fais l'inventaire de mon corps, mais à part ma jambe droite, ça a l'air d'aller. Me voilà bonne pour passer la nuit avec de la glace. Je sors de la piste, pour ne pas reproduire deux fois la même chose.

Lorsque je reconnais Benjamin. Celui-ci m'embrouille alors qu'il est le seul coupable de notre embardée. J'aurais dû me douter que c'était lui. Quand je dis qu'il est partout ! Estomaquée par sa tirade, je me tourne vers lui, prête à lui faire ravaler sa colère, mais je suis coupée par mes amis.

Je ferme les yeux, priant pour que Benjamin ne fasse pas d'autres commentaires. Être en compagnie d'hommes alors que j'ai refusé que Théo vienne ne va pas manquer de le turlupiner, c'est certain. Je les rassure d'un regard, ils me connaissent suffisamment pour savoir que je ne suis pas du genre à me plaindre devant les gens.

— Bon, je crois que je vais rentrer.

Anton me prend la planche des mains et je les suis lentement. J'ai super mal, mais j'essaie de rester digne, surtout avec l'autre rustre pas loin. Je boite et me sers éhontément de Vince pour marcher.

— Ça va aller ? Ton frère va me tuer quand il va l'apprendre, se désole-t-il en secouant la tête.

Malgré la douleur, je ris connaissant Jonathan par cœur. Il a toujours été trop protecteur avec moi.

— Ne t'en fais pas, tu n'y peux rien.

Je lui tapote le bras et il lève les yeux au ciel.

— Je crois que tu as oublié comment il est ! Ce n'est pas parce que tu t'es éloignée ces dernières années qu'il a cessé de s'inquiéter pour toi. Vous êtes fusionnels tous les deux.

Ses mots me provoquent un pincement au cœur.

Comment ai-je fait pour m'éloigner de mon jumeau ?

Je n'ai pas le temps de rétorquer qu'une voix nous arrête.

— Attendez, M'dame ! Je voulais m'excuser, c'est de ma faute si papa vous est rentré dedans.

Tristan, tout essoufflé, me regarde suppliant. Son père se rapproche et comme je refuse de lui faire face une nouvelle fois aujourd'hui, j'accepte ses excuses et tire Vince par le bras.

Soulagée d'être arrivée au chalet, je fais une pause de quelques minutes pour respirer. Mon ami en profite pour me questionner :

— Tu le connais, le gosse ?

36

Je secoue la tête espérant qu'il me laisse tranquille.

— Jo, je ne te lâcherai pas. Tu le sais alors, crache le morceau !

Je cède en me tournant face à lui.

— C'est un de mes élèves, abdiqué-je pour qu'il ne se fasse pas de fausses idées.

— C'est tout ? Parce qu'il m'a semblé que son père te connaissait, non ?

Je fronce les sourcils, comment il a pu voir ça lui ?

— Qu'est-ce que tu insinues ?

Il secoue la tête, sûrement aussi surpris que moi de la hargne que j'ai mis dans cette question.

Mais merde, qu'il s'occupe de son cul !

J'en ai marre d'être épiée, marre de devoir cacher mon petit ami, marre de devoir toujours rendre des comptes à chaque membre de ma famille. Et puis, j'en ai marre de cette putain de journée qui n'en finit pas !

Je monte difficilement les escaliers pour retrouver ma chambre. Mon genou me lance et m'allonger me demande un effort supplémentaire. Vince m'a promis de m'apporter de la glace et je sais qu'il ne viendra pas seul. Toute la famille va débarquer d'une minute à l'autre. Ça a systématiquement été ainsi, si l'un de nous va mal, on appelle les autres et nous faisons bloc. Mes parents nous ont élevés comme ça, toujours unis. Ils nous ont offert la fratrie qu'ils n'ont pas eue. C'est une des raisons pour laquelle je suis si solitaire aujourd'hui. J'aime ma famille, mais être seule m'apaise.

La porte s'ouvre d'un seul coup au moment où j'allais dézipper la fermeture sur le côté de mon pantalon pour évaluer les dégâts.

— Alors ? Miss catastrophe a encore frappé ? me taquine Jonathan qui débarque avec une longue série de personnes derrière lui.

Je lève les yeux au plafond et grogne. Ils sont tous là autour de mon lit, je pourrais croire que je suis mourante.

— Allez-y, marrez-vous ! Mais je n'y suis pour rien moi, si on m'est rentré dedans ! m'offusqué-je.

Entre rire et remarque grivoise, mon frère s'assied et commence à relever ma jambe me faisant grimacer.

— Tu es enflée ? demande-t-il, professionnel.

Je secoue la tête en me tenant la cuisse.

— Je ne sais pas, je n'ai pas eu le temps de regarder.

— OK, montre-moi.

Je jette un œil aux autres, leur faisant signe de partir. Tout le monde sait que je ne supporte pas de montrer ma cicatrice. Même s'ils l'ont tous vue au moins une fois, ce n'est pas une raison pour qu'ils s'éternisent. Mon frère attend patiemment que je sois prête, mais il y a encore une sangsue dans cette pièce. Je regarde Vince fixement afin qu'il comprenne ce que j'attends, mais il demeure immobile.

— Quoi ? Je suis médecin, je te signale ! Et puis, je l'ai déjà vue.

Je souffle exaspérée, croise les bras, mais ne bouge pas. Hors de question qu'il reste là !

— Je vais être obligée de me mettre en sous-vêtements, alors sors ! ordonné-je en montrant la porte du menton.

Il se marre, sous les yeux enamourés de son compagnon.

— Je t'ai vue bien plus nue que ça, je devrais survivre !

Je le fusille du regard en marmonnant des injures. Je finis par m'exécuter, et suis soulagée de voir qu'il n'est pas trop gonflé. Mon frère est kiné, c'est lui qui s'est occupé de ma rééducation après mon accident. Il connaît mes antécédents, il est le meilleur pour me soigner. Il ne me fera pas de mal, mais ça ne m'empêche pas d'appréhender ses mouvements.

— Ce n'est pas grand-chose, Jonathan, un peu de glace, du repos et on n'en parle plus, dis-je pour ne pas l'inquiéter, ou peut-être bien que c'est moi que j'essaie de rassurer.

Il me lance un regard sceptique tout en continuant de manipuler délicatement ma jambe. Je grimace lorsqu'il la pivote vers la droite et il la replace.

— OK, je vais te faire un massage avec un anti-inflammatoire pour cette nuit, mais demain pas de descente de piste. Il faut que tu reposes ton genou un minimum.

J'acquiesce, dégoûtée. Être ici et ne pas en profiter c'est du gâchis, mais il a raison. En revanche, dans deux jours, j'y retourne, hors de question de passer ma semaine à regarder les autres s'amuser. Cette fichue malformation m'a déjà pris ma passion, elle ne ruinera pas mes vacances. Les médecins m'avaient préconisé au début de ne pas marcher plus d'un kilomètre par jour. Heureusement, ils ont vite compris que cela me serait impossible et que je gérais mes douleurs toute seule comme une grande. Et demain, j'ai bien envie d'aller me balader quand même. Après tout, ils m'ont opérée pour que je vive ma vie tranquillement, non ?

Il passe la porte et je prends mon portable pour appeler Théo lorsque Jonathan me lâche :

— Eh Jo ? Je cède pour ce soir, mais demain, tu m'expliqueras pourquoi le père de ton élève t'a embrouillé ? Je sais qu'il y a anguille sous roche !

La bouche ouverte, comme un poisson manquant d'air, je cherche quoi répliquer pour qu'il n'insiste pas. Il me connaît par cœur, je ne laisse jamais mes élèves déborder dans ma sphère privée. Il referme la porte en riant et je peux enfin souffler.

Je compose le numéro de mon compagnon qui répond rapidement.

— Salut, bébé !

Je souris, j'aime l'entendre m'appeler comme ça, même si c'est nian-nian à souhait, il met toute l'affection qu'il me porte dans ce petit mot.

— Salut, alors pas trop dur d'être seul en ville ? J'aurais aimé que tu sois avec moi, mais tu sais, ma famille…

Je ne mens pas vraiment, c'est bien à cause de mon entourage que je ne souhaite pas qu'il vienne.

— Ça va. Rien d'intéressant, raconte-moi ton séjour plutôt, demande-t-il en donnant l'impression de ne pas vraiment se préoccuper de ma réponse.

Je chasse cette pensée tel un insecte et hésite un instant à lui dire que son meilleur pote est dans la même station de vacances que moi. Si je ne lui dis rien, il va l'apprendre par Benjamin et je vais passer pour la menteuse de service.

— J'ai fait une rencontre inattendue, soufflé-je encore dépitée de le savoir ici.

Je martyrise ma couverture de ma main libre. Parler de Benjamin m'agace, j'aimerais tellement qu'il disparaisse de ma vie celui-là !

— Ah bon ? Vas-y raconte ?

Je stoppe net tout geste, mon corps se tend à l'évocation de sa venue.

— Non, ne t'en fais pas. C'est ton cher ami Benjamin qui est dans la même station que nous, c'est tout. Nous sommes tombés l'un sur l'autre tout à l'heure. Littéralement, d'ailleurs.

Il fait un bruit de gorge avant de reprendre.

— Ben ? Tu es sûre ?

Elle est étrange sa question. Évidemment, j'en suis certaine !

— Oui, vu qu'il m'est rentré dedans et m'a engueulée juste après, je t'assure que c'était lui. Tout va bien, tu as l'air bizarre ?

Je l'entends bouger, discuter avant qu'il ne revienne à moi.

— Je dois te laisser, bébé, j'ai dit à mes collègues que j'étais AFK, mais ils ont besoin de moi.

Traduction, il bosse et a simplement fait une pause pour me prendre au téléphone. Je raccroche, une moue déçue aux lèvres. Je devrais être ravie qu'il ait pris un petit moment sur son boulot pour me répondre, mais j'en ressens une grande lassitude. J'ai parfois du mal à le comprendre, il passe son temps à jouer à des jeux vidéo. Ça a beau être considéré comme un sport, pour ma part c'est difficile de l'envisager. Théo et moi sommes proches quand il s'agit de compétitions, on est programmés pour ça, se lancer des défis et tout faire pour les gagner.

Vous savez ce qui est le plus drôle ?

C'est la chandelle qui nous a présentés.

Oui, oui, vous avez bien lu, c'est Benjamin qui est derrière notre histoire, incroyable, non ?

Je vous explique : pendant une réunion du lycée, mon ordinateur ne voulait pas fonctionner alors que j'avais toutes les notes et appréciations de mes élèves dedans. *Imaginez ma panique !* Benjamin a appelé Théo pour qu'il vienne me sortir du pétrin. Mon PC était rempli de malware[5] et ma boîte mail, de courriels qu'il a nommé « hameçonnage » ; comprenez des mails frauduleux qui servent à vous soutirer de l'argent. Je n'utilise que très rarement ce PC, je ne risquais pas de me faire avoir, mais c'est bon de savoir que ça existe. Théo a donc réparé mon ordi et s'est transformé en héros ce jour-là. Mon héros. Il a pris mon numéro et nous nous sommes rencontrés à plusieurs reprises. Toujours avec la chandelle, jusqu'à ce que je l'invite à boire un dernier verre chez moi. Puis il s'est passé ce qu'il s'est passé, *je ne vous fais pas un dessin*. À partir de ce moment-là, c'est devenu sérieux.

Au début, il était aux petits soins avec moi et j'appréciais vraiment les instants que nous passions ensemble, mais depuis

---

5 Un malware est un logiciel malveillant, un virus informatique, si vous préférez.

quelques semaines, il est très pris par son travail. Selon lui, ça se calmera, une fois qu'il aura signé un gros contrat, alors, je patiente. Enfin, j'essaie.

J'enlève la glace recouvrant mon genou endolori et le bouge doucement. En constatant que je ne souffre plus, ou presque plus, je décide de boire un chocolat chaud. Délicatement, je pose mes pieds au sol et me lève, il ne manquerait plus que je tombe, parce que ma jambe m'aurait lâchée. Voyant que je peux marcher sans boiter, après avoir parcouru le couloir, je commence ma descente. Je perçois de la lumière dans le séjour, m'indiquant que tout le monde n'est pas encore couché. Joyce est venue me déposer une assiette tout à l'heure et même si je suis repue, j'ai envie de profiter de la chaleur émise par la cheminée. Je descends tranquillement les marches quand Jonathan surgit me faisant sursauter et chuter.

Putain, il y a des jours faudrait que je reste au lit !

— Merde, Jo, ça va ?

Je le fusille du regard.

Quelle question ?! Je viens de descendre les dernières marches sur le cul !

— Aïe ! me contentai-je de répondre.

Je me relève difficilement en me frottant le popotin, je vais avoir un bleu supplémentaire demain, mais ça a l'air d'aller. Enfin, ça irait mieux si mon frère ne se foutait pas ouvertement de ma gueule !

— Miss catastrophe… tu m'as manqué ! dit-il en me prenant dans ses bras.

Je savoure son contact. Je me rends compte à cet instant du trou béant que son absence a laissé dans mon cœur. Mais je prends aussi conscience que je ne lui en veux plus depuis longtemps. Ni à lui ni aux autres. Il aura fallu que je les retrouve vraiment pour le comprendre. Je profite de son étreinte en cachant les larmes qui menacent de s'échapper. La sensation si pure d'être à ma place me procure un bien-être tel que j'aimerais ne plus le lâcher. Il me repousse lentement le regard toujours moqueur.

— Arrête de rire et prépare-moi un chocolat chaud plutôt!

Il effectue un salut militaire débile, me faisant sourire avant de filer. Je le suis de près et en pénétrant dans la cuisine, j'y découvre mes frangines. Mes parents et les enfants étant déjà couchés depuis un moment. Je reste debout à les écouter discuter de boulot, de leur progéniture que je ne connais pour ainsi dire pas. Je le regrette et pour cette raison, je propose une chose qui m'aurait paru insensée il y a peu, mais à laquelle je tiens.

— Je peux m'occuper des enfants demain, si vous voulez? Je pourrais faire de la luge avec eux.

Le silence qui me répond me fait craindre d'avoir parlé trop vite. Qu'est-ce qui m'a pris de faire cette suggestion? Je ne les ai pas vus depuis quatre ans et maintenant, je propose de m'occuper de mes neveux? Je ne sais pas ce qui m'est passé par la tête.

— Non, mais vous avez raison, laissez tomber. Ils ne me connaissent pas, c'est n'importe quoi, m'exclamé-je en haussant les épaules avant d'attraper le chocolat chaud que Jonathan m'a préparé.

Je m'installe au salon, sur le sol, face à la cheminée. Je regarde les flammes qui dansent et m'interroge. Est-ce que m'éloigner d'eux était une erreur? Est-ce que je n'ai pas mis en péril notre famille? Sur le moment, cela m'a paru nécessaire, mais peut-être que j'aurais dû revenir plus tôt? Toutes ces questions sont balayées par le plaid que l'on dépose sur mes épaules. Julia et Jonathan s'installent à mes côtés pendant que mes deux aînées viennent se placer devant moi, me bouchant la vue des lumières hypnotiques du feu de cheminée. Elles me tendent chacune une main que j'attrape fébrile. Nous les lions dans un méli-mélo croisé. Jonathan et Julia passent leurs bras derrière moi et donnent leurs autres mains à Judith et Joyce. Encore une fois, nous sommes unis. Judith ouvre la bouche et j'ai peur de ce qu'elle va me dire.

— Nous acceptons volontiers que tu t'occupes de tes neveux et nièce. Nous avons été surpris, m'explique Judith d'une voix douce.

Joyce hoche la tête tout en resserrant sa prise sur ma main.

— Vous êtes sûrs ? Je comprendrais, vous savez, c'est de ma faute s'ils ne me connaissent pas, rajouté-je piteusement.

Mon cœur brisé par leur manque de réaction se réchauffe lentement.

— Ils te connaissent. Nous leur avons toujours parlé de toi, surtout leur tonton Jonathan.

Je regarde mon jumeau attendri avant qu'il embrasse mon front.

— Jonathan sans sa Jo, ce n'est pas possible. Je t'aime, petite sœur, me murmure-t-il à l'oreille.

Les larmes me montent aux yeux et je lâche mes frangines pour prendre mon frère contre moi et lui chuchote mon amour pour lui dans le creux du cou. Après quelques secondes, nous sommes ensevelis par six bras qui nous rejoignent.

Nous mettons fin à notre « soirée retrouvailles » pour aller nous coucher. Je dois être en forme pour m'occuper de mes neveux. J'ai tellement hâte !

Chapitre 8

Ben

Après la fuite de Joana, Tristan et moi avons décidé d'aller manger un bout. Devant une fondue savoyarde, mon fils me raconte sa journée. Il s'est fait des amis et je crois même qu'un prénom revient plus souvent qu'un autre.

— Maya vient ici tous les ans, alors tu imagines sur la poudreuse, c'est une tueuse! Elle me dépasse à chaque fois avec une de ces classes, tu verrais! En plus, elle est passionnée de sport, elle fait de la gym depuis toute petite et elle aimerait passer pro.

Je hoche la tête en souriant, il ne se rend pas compte que ça fait dix minutes qu'il n'a rien mangé, trop occupé à parler de Maya.

— Une sportive, c'est cool, vous devez effectivement avoir des choses en commun, dis-je.

Je suis heureux qu'il fasse ses propres expériences amoureuses, surtout qu'il a morflé avec son ex-petite copine. Alors entre elle et sa mère, j'avais peur qu'il ne se ferme, mais en réalité, c'est tout le contraire et je suis fier de lui. J'ai toujours mis un point d'honneur à parler de ses relations avec lui. Je ne peux pas contrôler ses

sentiments, mais je peux le responsabiliser sur des sujets comme le sida ou les possibles grossesses pouvant résulter d'une inconscience. Parce que même si je ne regrette pas de l'avoir élevé, j'ai galéré. Sans le soutien de mes parents, je n'en serais pas là aujourd'hui. J'ai beaucoup de chance de les avoir. Ils ne m'ont jamais jugé pour mon choix ou mon manque de jugeote d'avoir mis enceinte une fille à seize ans. Bien sûr, j'ai eu le droit à une remontrance bien salée lorsqu'ils ont appris la nouvelle. Mais quand Mélodie m'a déposé mon fils dans les bras en me signifiant que je ne devais pas compter sur elle, ils n'ont pas cherché à me dissuader de le garder, ils m'ont laissé prendre ma décision et m'ont simplement aidé. En pensant à eux, mon cœur se serre, car nous passons Noël ensemble habituellement. Mais je le fais pour une bonne cause, pour elle.

— Bah, je ne sais pas trop, on vient de se rencontrer, reprend Tristan me sortant de mes pensées. Et puis, c'est les vacances de toute façon, ajoute-t-il en piquant un morceau de pain dans son assiette.

— Et alors ? Rien ne vous empêche d'apprendre à mieux vous connaître.

— Ouais, mais… Je crois que j'aimerais que l'on soit plus qu'amis, poursuit-il peu sûr de lui et rougissant.

— Écoute, Tristan, je ne vais pas te dire ce que tu dois faire. Tu es en terminale et tu rencontreras des tas d'autres personnes avec qui tu auras des points communs, mais tu as aussi le droit de t'amuser. Tu connais les précautions à prendre. Tant que tu respectes ça, je te laisse faire tes propres expériences.

Il me fixe en hochant la tête, puis nous continuons notre discussion sur nos prochaines activités quand mon portable m'annonce un message.

— Théo propose qu'on passe la soirée ensemble, ça te dit ?

Il acquiesce en avalant la dernière bouchée de son repas.

— OK, mais tu comptes lui avouer que sa meuf est là ?

Surpris qu'il me pose cette question, je réfléchis un instant, mais il ne me laisse pas le temps de formuler une réponse avant d'enchaîner.

— Franchement si tu veux mon avis, tu devrais le lui dire et aussi lui expliquer tes sentiments pour m'dame Moreau. Parce que je suis d'accord avec toi, ils ne vont pas ensemble, simplement, j'ai peur que cette histoire te pète à la figure, Pa'.

Je fixe mon fils, étonné par sa tirade pertinente. Elle a du sens et au fond, il a raison. D'ailleurs, je le sais depuis le début. Lorsque Théo s'est mis avec Joana, je n'y croyais pas. J'ai pensé qu'ils ouvriraient les yeux et se sépareraient rapidement. C'est bien pour cela que je fais tout pour être dans son champ de vision. Ce sentiment au fond de moi me pousse à croire que nous pourrions faire un bout de chemin tous les deux. Grâce à ma présence à leurs rencards, j'ai constaté que nous avions beaucoup de points communs. Je l'agace, car je passe mon temps à la taquiner sur sa maladresse, mais j'adore ses réactions impulsives. Sa façon de me fusiller du regard ou de souffler son exaspération m'amuse. Voyant que je suis parti loin de lui, Tristan pense que je lui en veux et s'excuse.

— Désolé Pa', je sais que cela ne me regarde pas, mais j'aime beaucoup ma prof, je ne voudrais pas qu'elle souffre et toi non plus, d'ailleurs.

J'acquiesce et comme nous avons terminé notre repas, nous décidons d'aller nous apprêter pour la soirée.

Pendant que mon fils se prépare, j'appelle mes parents, mais j'ai à peine déverrouillé mon portable que j'entends toquer à ma porte. Je vais ouvrir et suis surpris de découvrir mon pote qui entre sans me saluer. Il semble ailleurs.

— On ne devait pas se retrouver au bar ?

Je le suis jusqu'au canapé où il prend place.

— Désolé de débarquer, mais il faut absolument que je te parle d'un truc… commence-t-il en se prenant la tête dans les mains.

Je le fixe, fébrile. Je pressens qu'il va me parler de Joana. L'a-t-il croisée par hasard ? Et s'il sait qu'elle est ici, va-t-il faire le lien avec ma venue dans cette station ? Et qui était cette femme avec lui l'autre jour ? Mon cerveau carbure, mais je ne sais pas du tout comment lui faire part de ce que je ressens. Il s'installe sur un fauteuil et je le suis par automatisme.

— J'ai ren… commence-t-il avant d'être interrompu par la sonnerie de son portable.

Je le laisse répondre, soulagé d'avoir un peu de répit. Perdre mon ami n'est pas dans mes projets et, malheureusement, séduire sa copine n'est pas la meilleure solution pour ça. Et lorsque je comprends qu'il parle justement à la personne de mes pensées, mon malaise se fait plus intense.

J'écoute et constate qu'il ne lui a pas dit qu'il était ici.

Je patiente, exaspéré par cette nouvelle, jusqu'à ce qu'il prononce mon nom. Je prends une grande inspiration pour me donner du courage, mais je n'ai pas le temps de dire un mot qu'il attaque.

— Je suis dans la merde ! se désole-t-il en s'affalant sur le canapé.

— Qu'est-ce que tu racontes ?

— C'est ce dont je voulais te parler. Je… J'ai rencontré quelqu'un… m'avoue-t-il sans oser me regarder.

Je fronce les sourcils, laissant cette information faire sens dans mon cerveau.

— Attends… euh… C'est bien Joana que tu viens d'avoir au téléphone ?

— Oui, et d'ailleurs, tu aurais pu me dire qu'elle était dans cette station ! m'accuse-t-il. Enfin, ce n'est pas le problème. Ce que je voulais te dire, c'est que depuis un moment, je parle avec une fille avec qui je joue en ligne. Et si je suis ici, c'est pour la rencontrer.

Je reste bouche bée par sa révélation, alors il continue.

— Je ne t'ai rien dit, mais entre Jo et moi, ce n'est pas le grand amour. J'espérais passer Noël avec elle pour arranger les choses, mais comme elle a refusé…

— Attends, tu veux dire…

— Je suis prêt! Ah! Salut, Théo, on ne devait pas te rejoindre? s'étonne Tristan qui débarque en coupant court à notre conversation.

Je fixe mon pote complètement sonné par ce qu'il m'apprend. Il est venu ici pour une autre sans savoir que sa petite amie serait là.

C'est un bordel sans nom cette histoire!

La soirée se déroule étrangement avec Théo qui n'a que cette mystérieuse femme en tête tout en me promettant de parler à Joana rapidement.

Parce que forcément, en tant que meilleur pote, je dois garder le secret…

Putain, je me suis fourré dans une vraie merde!

Après une nuit chaotique, je ne cesse de ressasser. Tristan m'a abandonné pour être avec ses amis, surtout avec Maya. Après mon jogging matinal, je pars me balader dans le village qui a revêtu les couleurs de Noël. J'admire l'architecture recouverte de neige et les multiples décorations de cette fête tant aimée des enfants. Je souris de voir certains d'entre eux excités par la venue de l'homme en rouge en m'asseyant sur un banc pour prendre le temps d'observer les environs. Le père Noël est justement de sortie puisqu'ils ont organisé une séance photo avec lui juste à la fin de la piste de luge. Ils ne sont pas fous, les gamins qui sortent de là souhaitent forcément le rencontrer. *Et bien sûr, le cliché n'est pas gratuit, hein!*

Ça me fait penser aux premières fêtes avec Tristan, j'étais jeune, et pourtant, je me démenais pour qu'il aperçoive au moins une fois le gros barbu. Voir ces prunelles briller était pour moi le plus important. Je ne voulais pas qu'il ressente le manque de sa mère. Elle n'a pas désiré l'élever, mais elle venait quand même lui apporter un cadeau chaque année. Ce qui me convenait très bien étant donné nos relations.

Je secoue la tête devant cette stratégie bien calculée lorsqu'une silhouette attire mon attention. Quand le hasard m'aide à me rapprocher de celle qui me fascine.

Je rejoins Joana qui est accompagnée d'une petite fille avec laquelle elle semble bien s'amuser. Mais en voulant replacer son bonnet correctement, elle ne regarde pas où elle met les pieds et glisse sur une plaque de verglas.

Chapitre 9

Joana

Je me lève de bonne humeur et d'attaque pour la journée qui m'attend. Elena, la plus grande, saute de joie en apprenant que je m'occupe d'eux. Jules, son frère et Amir, le fils de Joyce, sont moins expansifs. Ils ont à peine trois ans alors ça se comprend. Passer plusieurs heures avec une étrangère, ça ne donne pas vraiment envie. Comme mon genou ne me fait pas trop souffrir, je propose un changement de programme. Elena et moi dévalerons les pistes en luge ce matin, et mes parents géreront les petits, ensuite, déjeuner avec les plus petits avant d'enchaîner avec une bonne sieste pendant que les adultes vaqueront à leurs activités.

Une fois ma tornade prête, nous partons en direction du centre du village. Avec bonheur, je lui partage mes souvenirs d'enfance. Je lui raconte quelques-unes de mes boulettes et quand elle me demande sérieusement pourquoi je tombe si souvent, je lui réponds que le sol est amoureux de moi et qu'il ne peut se passer de m'embrasser. Elle accepte cette explication sans sourciller et je la remercie intérieurement.

Nous finissons notre dernière glisse, mortes de rire. Je ne me suis jamais autant marrée de toute ma vie, cette gamine est une perle et sa bonne humeur, contagieuse. Après avoir ramené notre équipement de location, il est déjà midi, et mon ventre réclame à déjeuner. J'essaie de rentrer mes mèches blondes qui dépassent de mon bonnet tout en marchant, Elena à mes côtés. Elle me parle de son école et de ce garçon qui n'arrête pas de l'embêter, quand je sens ma jambe partir en avant me déséquilibrant. Récupérée de justesse par je ne sais qui, je souffle devant le regard ahuri de ma nièce. Mon sauveur m'aide à me redresser tout en vérifiant l'appui de mon genou. Je lève les yeux pour l'en remercier.

— De rien, on va dire que j'ai un peu l'habitude avec toi.

Oh putain, non ! Je suis maudite !

Après une grande inspiration, je prends la main d'Elena pour ne pas la perdre de vue et relève la tête pour mieux constater ce que je sais déjà.

— Décidément, tu es partout !

Son sourire en coin fait son apparition et cela m'agace.

— Je suis juste là au bon moment, tu devrais m'en être reconnaissante au lieu de te plaindre.

Je lève les yeux au ciel, hors de question de le remercier une nouvelle fois.

— Tata Jo, le sol il va être jaloux si ce monsieur t'empêche de l'embrasser, tu crois ?

Morte de honte, je rougis et baisse le visage vers cette traîtresse d'Elena. Rappelez-moi de ne jamais rien dire à une enfant de cinq ans au risque de passer pour une folle. Le rire de Benjamin se répercute dans tout mon être et je refuse de le regarder à nouveau. Il s'agenouille pour se mettre à la hauteur de ma nièce, me tétanisant. Qu'est-ce qu'il va encore lui sortir ?

— Tu as raison, j'aurais dû laisser tata Joana embrasser le sol, surtout vu comment elle me remercie, elle devait vraiment le vouloir son bisou.

Il lui fait un clin d'œil avant de partir, et la petite rigole. Moi, je suis exaspérée! Il est le seul à m'appeler par mon prénom et même si l'entendre sortir de sa bouche me procure des frissons, je ne le supporte pas. J'ai eu beau lui demander à plusieurs reprises de m'appeler Jo, il s'y refuse.

Comme nous passons devant le chalet du père Noël, je propose à Elena de faire une photo.

— Tu vas la faire avec moi? questionne-t-elle de sa voix fluette.

— Je ne sais pas, c'est plus pour les enfants, tu sais.

— Ah non! Moi, je ne veux pas si tu ne viens pas! boude-t-elle en attendant notre tour.

— On verra, cédé-je.

Qui essayé-je de leurrer? Je ferais tout ce qu'elle me demande pour qu'elle soit heureuse. Elle m'a trop manqué. J'ai des années à me faire pardonner.

— De toute façon, si tu dis non, bah, je dirai à tonton Jonathan que tu as failli tomber et que c'est le monsieur qui t'a rattrapée!

— Eh! Tu es une rapporteuse alors? De quel côté es-tu, jeune fille? pouffé-je surprise de sa menace.

Elle me sourit de toutes ses dents, enfin celles qui ne sont pas encore tombées, adorable.

— Tu crois que le monsieur, il est tombé sous ton charme?

— Euh… de quoi tu parles? questionné-je perdue.

— Tonton Jonathan, il dit que celui qui tombera sous ton charme aura intérêt à savoir te rattraper, explique-t-elle en me faisant rire.

— Je crois que tonton n'a pas toujours la lumière à tous les étages.

— Bah, c'est normal! Il n'a pas d'escalier dans sa maison!

Je me marre encore plus et la prends contre moi.

— Allez viens, petite maline, le père Noël nous attend.

Nous passons devant l'objectif, d'abord sérieusement pour l'offrir à la famille puis, une où l'on fait les folles en grimaçant, et la dernière en faisant un bisou chacune sur les joues du monsieur barbu. Nous sommes pliées de rire quand on récupère les clichés.

Sur le chemin du retour, on discute et j'adore, ça rattrape tout ce que j'ai loupé de sa vie. Ma gorge se serre à chaque fois, surtout que je sais être la seule responsable de la situation, mais je compte bien y remédier.

Je passe le reste de la journée au chalet et profite de la sieste des enfants pour regarder un téléfilm de Noël, emmitouflée sous un plaid avec un chocolat agrémenté de guimauve. J'adore cette période, je ne me lasserai jamais de me blottir devant ce genre d'histoire gnangnan.

Vers dix-sept heures, tout le monde débarque tandis que je viens tout juste de donner le goûter aux petits loups. Les loustics sont ravis de retrouver leurs géniteurs et moi de ne plus avoir à me battre avec les couches et les compotes. *Non, mais c'est quoi ces gosses ?* Leurs changes empestent à des kilomètres et leur donner à manger relève du parcours du combattant.

Après le dîner, mes parents nous fichent dehors prétextant vouloir un peu de calme, ils gardent seulement leurs petits-enfants. Julia me prend la main et m'emmène dans sa chambre avant de partir. Elle souhaite absolument s'habiller en conséquence arguant qu'on pourrait trouver le mec de notre vie ce soir. Je ne la contredis pas même si au fond de moi, j'ai envie de hurler que je l'ai déjà trouvé moi, mon homme, cependant, je ne peux pas. On sait ce que ça a donné, avec les autres…

— Allez ! Fais un effort s'il te plaît ?

Elle me supplie avec ses yeux de cocker et les mains croisées sous son menton. C'est la plus exubérante d'entre nous, elle adore plaire et passe un temps fou à se préparer, peu importe l'endroit où elle va.

Je souffle, mais je finis par accepter qu'elle me prête des vêtements. Je n'aurais jamais dû! Je me retrouve affublée d'une robe noire ajustée avec des escarpins de six centimètres assortis. Certes, quand je me regarde dans le miroir après m'être maquillée et coiffée, je me trouve très jolie. Mais des talons de six centimètres? *Elle ne sait pas qui je suis ou quoi?* Miss catastrophe n'est pas que le surnom que me donne ma famille, c'est une réalité!

— Je ne suis pas sûre pour les chaussures, Julia.

Elle se renfrogne et met ses mains sur les hanches.

— Ah non! Tu me fais plaisir et tu sors comme ça! Ton genou va mieux, non? s'amuse-t-elle.

Je hoche la tête refusant qu'elle s'inquiète de ça.

— Tu pourras t'appuyer sur moi, si tu veux.

Je la regarde sceptique. Comment compte-t-elle me rattraper, au juste? Elle est plus mince que moi et elle porte aussi des talons. J'entends les autres s'impatienter au salon et décide de partir comme ça. Notre apparition est accueillie par les sifflements des hommes et de nos deux sœurs. Elles se sont également changées, Judith a opté pour une tenue sobre et chic avec un pantalon chino à carreaux assorti d'une veste de costume cintrée tandis que Joyce a revêtu une tunique bleu nuit. Elles ont toutes les deux des chaussures plates et je maudis Julia intérieurement. Surtout quand j'entends mon frère s'inquiéter de mon genou toutes les cinq minutes.

Nous trouvons un bar sympa dans le village et on s'installe sur une banquette. Avant de commander nos boissons. Je défie le destin en choisissant un mojito, tout en priant pour que je ne me ridiculise pas avec ces fichues chaussures.

Nous découvrons rapidement que c'est une soirée karaoké et forcément ils veulent tous qu'on y participe, ce sera donc chacun avec sa moitié et moi, avec notre cadette. Je les laisse sélectionner les chansons, de toute façon peu importe la mélodie, le résultat sera catastrophique.

En attendant notre tour, j'admire la décoration magique de la salle. Chaque table est ornée d'un mini sapin blanc décoré d'une guirlande lumineuse multicolore. Des projecteurs fixés au plafond reproduisent à la perfection des aurores boréales. C'est magnifique. J'avais oublié comme l'ambiance festive de Noël me faisait du bien. Mes prunelles s'arrêtent sur deux personnes installées un peu plus loin. Je plisse les yeux, pour me permettre de mieux les distinguer.

— Qu'est-ce que tu regardes ? questionne mon frère me faisant sursauter.

Je le fusille de mes prunelles noires. Il tente de voir ce que je zieute en attendant ma réponse.

— Rien. J'admire la déco, éludé-je en essayant de reprendre mon masque habituel.

Il me fixe et avant même que je ne réagisse, s'exclame assez fort pour que toute notre table entende :

— Tu as un copain !

— Non ! Mais ça ne va pas ! m'insurgé-je sentant mes joues devenir aussi rouges que le père Noël installé près du bar.

Je le dévisage horrifiée. *Non, mais il sort ça d'où ?* Je cherche quelque chose à quoi me raccrocher et remarque que Julia nous a abandonnés. Je refuse de parler de Théo. Je ne suis pas prête pour ça. Pas encore.

— Elle fixait la table derrière nous et je suis certain d'avoir aperçu des étoiles dans ses yeux, affirme-t-il plein d'emphase.

Ils sont tous suspendus à ses lèvres alors que je réfléchis à une diversion. Vince se tourne pour observer à qui il fait allusion et se retourne mort de rire.

— Non, mais tu es littéralement tombée amoureuse, toi ! Le mec, là ! Vous voyez… le grand costaud ?

Alors que tout le monde acquiesce, il ajoute :

— C'est celui qui lui est rentré dedans sur la piste hier. Et c'est le père d'un de ses élèves…

Je me cache le visage dans mes mains, sous les rires et les insinuations grivoises de ma famille.

— C'est n'importe quoi, cette histoire ! On ne se supporte pas ! Il n'arrête pas de se foutre de ma gueule !

— Oui ! Et de te dévorer du regard aussi ! annonce Judith en prenant une gorgée de sa boisson les yeux rieurs.

Tout le monde se tourne et je fais de même par réflexe. Je devrais plutôt fuir, pourtant, quand il lève son verre dans ma direction je ne parviens pas à m'empêcher de sourire.

Pff, je me secoue, c'est du grand n'importe quoi, il ne devrait pas me faire cet effet. Je suis en couple, avec son meilleur ami qui plus est. Et puis ce con passe son temps à se moquer de moi, si ça, ce n'est pas une raison digne de ce nom pour ne pas m'éterniser sur ce que je ressens à son égard.

Par bonheur, le karaoké commence enfin et Judith, accompagnée d'Anton, nous interprète une magnifique chanson de Noël. S'ensuivent les deux autres couples qui poursuivent sur le même registre. Quand vient mon tour, Julia est introuvable me permettant ainsi d'échapper à ce calvaire. J'en suis secrètement ravie, sauf que mon frère et Vince en ont décidé autrement et me poussent sur la scène sous les rires des clients. Je me retrouve seule sous les projecteurs devant tous ces regards.

Putain, mais, Julia, tu déconnes !

D'un coup, des applaudissements fusent dans la salle et je vois une silhouette se mouvoir dans la lumière sans distinguer à qui elle appartient. Mais quand les iris bleu-vert de mon ennemi croisent les miens, je reste tétanisée. Il me sourit, content de lui, alors que je ne rêve que d'une chose, partir en courant. Le DJ nous demande de nous rapprocher et on prend connaissance de la chanson que ma frangine a choisie. Forcément! On se tape un bon vieux Mariah Carey. *All I Want for Christmas is you.*

— Alors, on y va? Je n'ai pas toute la soirée!

Je jure que je vais tuer ma sœur et lui aussi par la même occasion. Je recueillerai Tristan chez moi, il est cool comme gamin, ça le fera.

— Je t'en prie, je ne te retiens pas! répliqué-je sur le même ton agacé.

Il se penche, se rapproche si près de moi que je sens son souffle chaud dans mon cou, puis murmure :

— Je ne voudrais pas faire de peine à ton frère, il semble avoir placé beaucoup d'espoir en moi.

Je ne sais pas ce qui me choque le plus? Que ce soit Jonathan qui l'ait fait monter sur scène ou qu'un frisson dévale ma colonne vertébrale au moment où son corps frôle le mien.

Je m'avance et me mets face à l'écran. Je connais cette chanson. *Qui ne la connaît pas d'ailleurs?* Je commence le couplet et il me rejoint sur les mots de la fin me coupant le souffle.

La douceur de sa voix me transperce le cœur. Je me prends une claque. C'est qu'il chante bien en plus! Mais surtout, son bras passé dans mon dos et sa main reposant sur ma hanche, brûle mon corps d'envie. Je fais tout pour réprimer ces sensations sans succès. Mon épiderme se couvre de chair de poule alors qu'il entame la suite.

Bordel, comment cet homme si imbuvable peut-il me rendre aussi réceptive?

Nous sommes les yeux dans les yeux et si je ne le connaissais pas un tant soit peu, je croirais qu'il ressent la même chose que moi. Un instant, j'envisage de me jeter dans ses bras et l'embrasser rien que pour savoir quel goût il a, quelle sensation ferait naître sa barbe contre la peau délicate de mon visage au moment où je poserais mes lèvres sur les siennes.

Je sors de ma torpeur quand d'une pression de ses doigts dans mon dos, il m'incite à quitter la scène.

— Tu vois, ça s'est bien passé ! En revanche, je suis déçu, dit-il avec une moue boudeuse déformant ses traits.

Je le regarde perplexe.

— Bah oui, tu aurais pu te vautrer, promis, je t'aurais rattrapée… se moque-t-il avec un clin d'œil.

Mes yeux le menacent, je ne regarde pas où je mets les pieds, je me retrouve à glisser sur je ne sais quel liquide en manquant de finir par terre. Benjamin me rattrape, un grand sourire aux lèvres.

— Ah ! Voilà ! Je savais bien que ça arriverait !

Je fulmine et une fois redressée, je m'éclipse jusqu'à notre table. Mon frère me fait un clin d'œil, je l'ignore et tente d'oublier ces dernières minutes.

— Je rentre ! les informé-je, sans qu'ils n'aient le temps de réagir.

J'attrape mon sac et mon manteau avant de prendre la direction de la sortie. Dehors, je slalome entre les badauds et laisse mes pensées vagabonder. J'ai hâte de me mettre au chaud et de dormir pour effacer cette sensation désagréable d'avoir été si proche de lui. Demain, je vais retrouver les pistes et chasser cette culpabilité comme si j'avais trompé mon copain avec son meilleur ami, lorsque je bute contre quelqu'un. Je m'excuse rapidement et me fige en l'entendant grommeler. Je connais cette voix.

— Théo ?

Chapitre 10

Joana

Je découvre l'homme qui me fait face, il a l'air aussi étonné que moi.

— Jo! Bébé! Tu… Qu'est-ce que tu fais là? demande-t-il en fronçant les sourcils.

Je l'observe, mi-choquée, mi-amusée.

— Moi je suis en vacances comme c'était prévu, mais toi?

Il regarde partout sans vraiment fixer un point précis, mal à l'aise. C'est bizarre, mais je mets ça sur le compte de la stupeur.

— Je voulais te faire une surprise, finit-il par répondre en jetant un œil autour de lui.

— Oh! Eh bien, c'est réussi, mais tu sais que tu ne peux pas rencontrer ma famille? lâché-je rapidement mal à l'aise.

Il danse d'un pied sur l'autre, en hochant la tête.

— Oui, oui, je sais. Ne t'en fais pas.

— OK, par contre, je peux m'éclipser demain midi si ça te dit qu'on se fasse un déjeuner?

— Euh oui, ça serait cool! Je suis désolé, mais tu m'as pris au dépourvu! Tu comprends, je pensais te faire la surprise, alors…

Je hoche la tête et après un tour d'horizon je pose mes lèvres sur les siennes. Au moment où je souhaite approfondir notre baiser, il se recule en arguant que ma famille pourrait nous voir. Je fronce les sourcils, mais ne fais aucun commentaire. Il n'a pas tort et pourtant, j'ai l'impression de manquer quelque chose. Un truc m'échappe, mais je n'arrive pas à mettre la main dessus. Je ne sais pas si c'est la surprise qui bloque mes émotions, mais au lieu d'être heureuse de le retrouver, je ressens comme une boule dans mon ventre, lourde, dérangeante.

Nous repartons chacun de notre côté et je fulmine tout le long du trajet du retour. Comment je peux, en une soirée, désirer un homme que je déteste et embrasser celui que je devrais désirer ? Que je désire, ou du moins que je suis censée désirer plus que l'autre !

Avant de monter dans ma chambre, je prends les brochures qui sont restées dans la cuisine pour savoir quelles activités faire avec Théo. Il n'était pas prévu dans mon planning, mais nous voir en dehors de notre routine habituelle serait un bon test pour notre vie future.

Je tombe sur une randonnée qui aura lieu dans deux jours ainsi qu'une promenade en raquettes. Je mets les feuillets dans mon sac pour les lui montrer demain. Je prends une douche revigorante tout en réfléchissant au mensonge que je pourrais servir à ma famille pour m'éclipser du déjeuner. Et puis, cela effacera ce drôle de sentiment qui naît en moi depuis quelque temps. Notre couple n'est pas sur une bonne voie et je refuse que ce soit encore un échec.

En arrivant dans la cuisine le lendemain matin, Julia est installée, son portable dans une main et un bol de céréales dans l'autre. Elle a toujours pris ce genre de sucrerie au petit déjeuner, et même à vingt-sept ans elle continue. J'avale une gorgée et la salue. Voyant qu'elle est absorbée par son mobile, je tire bruyamment la chaise à ses côtés.

— Oh ! Salut, Jo ! Ça fait longtemps que tu es là ? questionne-t-elle surprise.

Je souris, amusée.

— Non, mais je t'ai dit bonjour et je n'ai eu aucune réponse. Qu'est-ce que tu fabriques ?

Ses joues se teintent de rouge, elle se dandine mal à l'aise, ce qui me fait penser qu'un homme se cache là-dessous. Je lui laisse un peu de temps, je comprendrais qu'elle ne veuille pas en parler, moi-même je ne lui ai rien dit pour Théo.

— J'ai rencontré quelqu'un.

Je le savais ! Je lui souris heureuse pour elle.

— C'est super ! Comment s'appelle-t-il ? Il est comment ?

— C'est tout récent, nous ne sommes pas vraiment ensemble. Enfin, je ne sais pas trop. Nous échangeons via écran interposé depuis un moment et nous nous sommes rencontrés. Il est génial et même si c'est tout récent, j'ai l'intime conviction que nous sommes faits pour être ensemble. Mais ne dis rien aux autres s'il te plaît, je veux être sûre de moi avant. Être certaine de ne pas me faire de fausses idées…

Je hoche la tête, affirmant mon accord. La porte s'ouvre, laissant passer nos sœurs et leurs progénitures. Judith nous explique que les hommes dorment et que nos parents ne vont pas tarder à descendre. Comme je souhaite profiter de la piste ce matin, je n'attends personne et une fois prête, je sors mon snowboard sous le bras.

Je souris au personnel du télésiège et me voilà partie pour ma première glisse.

— Eh, m'dame Moreau !

Je me retourne, sachant déjà qui je vais découvrir puisqu'il n'y a qu'un élève pour m'appeler par mon nom de famille de cette manière. Il arrive devant moi à grandes enjambées. Je m'arrête pour l'attendre, j'ai l'impression qu'il veut me parler.

— Vous accepteriez de m'apprendre, me demande-t-il en désignant la planche du menton.

— Tu veux apprendre le snowboard ?

Je suis sceptique, je croyais que son père lui avait appris. Je l'ai vu faire quelques descentes plutôt intéressantes, l'autre jour. Il hoche la tête et me sert son sourire à fossettes. Le même que son géniteur, sale traître !

— Oui, papa m'a appris les bases, mais je vous ai vue pratiquer et vous êtes bien plus douée. Je voulais vous le demander quand mon père vous est rentré dedans.

Il paraît d'un coup tout penaud et je sais déjà que je vais céder. Tristan est un gosse adorable et même si son père me sort par les yeux, je sais qu'il se donnera à fond.

J'accepte et nous commençons immédiatement la première leçon. Nous avons trouvé un coin tranquille pour ne pas gêner les autres dans leur glisse et je passe une agréable matinée. Tristan vient de se payer une gamelle majestueuse et je suis morte de rire. Il essaie un simple «grabs mute[6]» et il a beau s'acharner, il fait la même erreur à chaque fois. Cette figure consiste à attraper sa planche avec sa main avant au niveau des pieds et je comprends aujourd'hui que ce n'est peut-être pas si simple finalement.

— Il faut vraiment que tu cesses de te pencher, c'est tes genoux qui doivent plier. Pas ton dos !

Il me jette un œil agacé et je décide d'arrêter là pour ce matin. Je dois retrouver Théo au bistro et hors de question d'être en retard. Nous nous donnons rendez-vous au même endroit d'ici deux heures avant de nous séparer quand il aperçoit son père au loin. Comme je n'ai pas vraiment envie de voir Benjamin, je me dépêche de me trouver une place dans le bar restaurant. Je m'installe dans

---

6 Les grabs sont la base des figures freestyle en snowboard. C'est le fait d'attraper sa planche avec une ou deux mains pendant un saut. On en compte six de base : indy, mute, nose grab, melon, stalefish et tail grab.

un endroit reculé où on ne nous apercevra pas à travers la fenêtre. J'envoie un rapide texto à Julia pour avertir ma famille que je ne serai pas présente au repas ce midi. Elle ne me posera aucune question. Surtout depuis que je sais qu'elle a quelqu'un, elle ne se risquera pas, ou alors, je ne me gênerai pas de mon côté. C'est donnant-donnant et pour une fois ça m'arrange.

J'attends Théo pendant un quart d'heure avant qu'il arrive. Son sourire est lumineux quand il franchit la porte. Je lui fais un signe et il s'installe en face de moi.

— Tu as l'air heureux de me retrouver, ça fait plaisir.

Je me penche vers lui pour l'embrasser, mais il me prend au dépourvu quand il dépose un simple baiser sur le front. Décontenancée, je me rassois, un rictus figé aux lèvres.

— Oui, je suis toujours content de passer un peu de temps avec toi.

Je fronce les sourcils, son ton n'est pas si enjoué que d'habitude. Il paraît heureux, mais je ne suis pas certaine d'en être la cause. Il pose son téléphone entre nous deux, et rien que le regarder faire ça m'agace. Je ne dis rien, je ne souhaite pas que l'on s'engueule pour pas grand-chose. Je ne sais pas pourquoi, j'ai pensé que le fait d'être en vacances allait changer son comportement. Il est toujours avec son portable, une tablette ou son PC. J'ai du mal à comprendre, mais c'est son boulot, alors je ne peux rien dire. C'est comme s'il me demandait de ne plus faire mon jogging le matin. Mon corps est mon outil de travail, je ne serais pas crédible devant mes élèves si je ne pratiquais pas de sport.

Nous commandons nos sandwichs et nos boissons sans vraiment nous parler, par conséquent j'engage la conversation sur les activités que j'ai sélectionnées en espérant qu'on puisse passer un peu de temps ensemble.

— Alors qu'est-ce qui te fait envie ? La randonnée ? Je suis sûre qu'aucun membre de ma famille ne s'y risquera, ça te tente ? Ou sinon, la balade en raquettes, demain après-midi ma tribu sera occupée avec les préparatifs du réveillon, je peux me libérer.

Il boit une gorgée de sa boisson et j'attends calmement qu'il me donne sa réponse. Je commence à perdre patience et le voir zieuter son portable toutes les cinq minutes me fait royalement chier !

— Je fais déjà une balade en raquettes cet après-midi.

— OK, donc la randonnée !

— Euh… bah… tu sais que ce n'est pas mon truc, bébé, s'excuse-t-il sans vraiment me regarder.

— Non, mais là va falloir faire un effort ! J'essaie de passer du temps avec toi, mais j'ai l'impression que tu n'en as rien à faire !

Je me lève et jette mes déchets avant de sortir de l'établissement. Putain, qu'est-ce qu'il m'énerve aujourd'hui ! Ce n'est pas moi qui suis venue m'incruster pendant ses vacances ! J'essaie de trouver des solutions pour passer un moment avec lui et monsieur fait la fine bouche.

— Tiens, mon amie de Karaoké !

Je sursaute une main sur le cœur. Il m'a surprise, cet idiot ! Je le fusille de mes prunelles en récompense, mais lui se marre.

— Non, mais ça ne va pas ! Quand est-ce que tu vas arrêter de te foutre de ma gueule ?

Il s'arrête d'emblée de rire et me regarde étrangement. Je suis fixée à ses prunelles bleu-vert sans pouvoir m'en décrocher. C'est plus fort que moi, je fonds instantanément sous ses iris. Une main se pose dans le bas de mon dos et me sort de cette torpeur insensée.

— Je suis désolé, bébé, je suis d'accord pour la rando dans deux jours.

Mes yeux s'écarquillent d'eux-mêmes aux mots chuchotés dans mon oreille droite. Théo est apparu à mes côtés sans que je m'en aperçoive et je ressens une bouffée de culpabilité à m'être laissé aller à fixer des prunelles qui ne lui appartiennent pas. Mais il est vraiment bizarre depuis un moment. Serait-il devenu bipolaire ?

— Super ! Tu verras, on passera un merveilleux moment tous les deux, dis-je en forçant mon enthousiasme.

Je me pends à son cou et tends mes lèvres à mon homme en espérant faire chier la chandelle, et par la même occasion me rassurer sur mes sentiments. Sauf qu'au lieu de trouver sa bouche, c'est sa joue qu'il m'offre. Je recule de surprise, complètement retournée. Il s'enfuit, expliquant qu'il ne doit pas oublier sa balade en raquettes. Dépitée, je me demande pourquoi il a refusé de m'embrasser.

— Eh bien, c'est ce qu'il s'appelle un vent ! pouffe Ben à mes côtés.

Je lui frappe le bras en représailles. Qu'est-ce qu'il m'énerve ! Pourquoi a-t-il fallu qu'il soit témoin de cette humiliation ?

— Arrête de te moquer, si tu ne veux pas qu'il arrive quelque chose accidentellement à ton fils cette après-midi… plaisanté-je.

Il se tourne face à moi avec son putain de sourire à fossettes. Cet homme va avoir ma mort sur la conscience un jour. Mon cœur agit selon son bon vouloir et ce mec a le don de le faire démarrer au quart de tour.

— Ah, c'est avec toi qu'il est ? Moi qui croyais qu'il était parti draguer, je ne sais où.

— Tu plaisantes ? Tu parles bien de ton fils de dix-sept ans ?

Il hausse les épaules et acquiesce sans en dire plus.

— Non, mais… Tu ne savais pas où il était ce matin ? insisté-je choquée.

— Non pas vraiment, c'est un ado qui a le droit de faire ses propres expériences.

— Oui, ou comment tu vas te retrouver grand-père avant quarante ans ! m'agacé-je malgré moi.

— Tu t'inquiètes pour qui au juste, Joana ? Lui ? Ou moi ?

Je suis bouche bée, je ne comprends pas qu'il soit si désinvolte face à cette possibilité.

— Joana. Je te promets que j'ai parlé de préservatifs et de sexe avec mon fils. Ne t'en fais pas pour lui.

Je sens mon visage chauffer, signe que mon teint doit être cramoisi. *Comment en est-on venu à discuter de ça ?* Ça ne me regarde pas en plus ! Il y a des jours où je ferais mieux de me museler.

— Tiens, tiens ! Ne serait-ce pas la sœur qui a déserté le moment familial de ce midi ?

Je lève les yeux au ciel au son de la voix de mon frère et prie pour que Benjamin ne fasse pas de bourde en évoquant son pote.

— J'avais des choses à faire, Jonathan, réponds-je évasivement.

— Oui, je vois ça.

Le regard insistant qu'il lance à mon voisin me fait craindre le pire. D'un côté, je suis plutôt ravie qu'il ne m'ait pas vue avec Théo, mais je refuse qu'il s'imagine que je suis avec ce rustre !

— Vous avez prévu quoi, Vince et toi, cet après-midi ? Et il est où d'ailleurs ? demandé-je pour le détourner du goujat à mes côtés.

Je regarde derrière moi, espérant qu'il n'était pas dans le bar en même temps que moi tout à l'heure.

— Il est en face, dans une boutique. J'avais ordre de ne pas le suivre. Après, on va flâner, avant d'aider papa à aller chercher le sapin. Tu te souviens que nous le décorons ce soir ? Tu peux venir accompagnée si tu veux, on ne t'en voudra pas, propose-t-il son sourire canaille me faisant plisser les yeux.

Qu'est-ce qu'il me raconte ? Est-ce qu'il m'a vue avec Théo tout à l'heure ? En même temps qu'est-ce qu'il m'a pris de me pendre à son cou comme ça ! Je me frapperais si je ne passais pas pour une folle, là maintenant.

— Merci de me le rappeler, mais tu sais que je suis seule, alors qui veux-tu que j'emmène ? D'ailleurs, je dois y aller, vous m'excusez, dis-je en faisant un mouvement de la main.

J'entends Benjamin pouffer en se tournant de façon qu'on ne le remarque pas. Sauf qu'il est loin d'être discret, mon frère sourit et il fait signe à Vince sur le trottoir en face qui le rejoint.

— OK, je vous laisse de toute façon.

Je pars avant qu'il ne se fasse de fausses idées quant à ma «relation» avec Benjamin. Je retrouve Tristan et nous entamons notre entraînement. Il est plus motivé que jamais et il finit par réussir à faire un grabs, il est tellement fier qu'il n'arrête pas d'en faire et d'essayer de nouvelle position de sa main.

— Pa' va être dégoûté quand je vais lui montrer ! s'esclaffe-t-il lorsqu'il réussit une énième figure.

— Je compte sur toi pour lui en mettre plein la vue !

Tristan s'immobilise et me fixe étrangement.

— Qu'est-ce que vous lui reprochez à mon père ? interroge-t-il sérieusement.

Je déglutis et réfléchis en ne voulant pas faire d'impair auprès de mon élève.

— Rien. Pourquoi tu penses ça ?

Il hausse les sourcils avant de secouer la tête.

— Désolé, M'dame, mais vous n'êtes pas des plus aimables avec lui et vous semblez toujours tendue. On dirait moi avec Éva quand j'avais dix ans, pouffe-t-il.

— Éva ? questionné-je les bras croisés en attendant une explication avec appréhension.

Je ne sais pas ce qu'il pense savoir, mais je n'aimerais pas le froisser en disant que son père est imbuvable et agaçant au possible.

— C'est la première fille dont je suis tombé amoureux. Tout le monde pensait que je la détestais, car je ne faisais que de l'embêter.

Je le vois sourire à ce souvenir qui appelle le mien.

— C'est mignon, mais je ne vois pas où tu veux en venir, dis-je perplexe.

Il lève les yeux au ciel en secouant une nouvelle fois la tête comme si j'étais une enfant à qui fallait tout apprendre.

— Il est possible que mon père vous plaise et que ce soit pour cela que vous soyez désagréable avec lui, explique-t-il en souriant de toutes ses dents avec de repartir sur son snow.

Je le suis en riant de son analyse que je compte réfuter.

— Tu as de sacrées idées ! Mais je te rappelle que je suis en couple et pas avec n'importe qui. Le pote de ton cher papa.

Il me lance un coup d'œil malicieux comme s'il savait quelque chose que j'ignorais.

— Ouais Théo est super, mais vous, avec un *gamer* ? À ce qu'on m'a dit, vous n'êtes même pas capable d'allumer votre ordi pendant une réunion…

— Eh, ce n'est pas vrai ! m'offusqué-je. Ton père n'avait pas le droit de te dire ça ! dis-je en riant et en lui poussant légèrement l'épaule.

Seulement, je ne pensais pas qu'il manquait autant d'équilibre et qu'il s'affalerait au sol dans une roulade spectaculaire.

Je m'avance rapidement vers lui, inquiète. Il ne bouge pas alors je m'accroupis au-dessus de lui pour évaluer les dégâts.

Son père va me tuer !

Je tends ma main pour vérifier sa respiration quand je me sens pousser en arrière. Surprise, je tombe sur les fesses sous le rire de mon élève qui se redresse tant bien que mal tellement il rit. Je secoue la tête exaspérée de mettre fait avoir.

— Allez, gros malin, il va être l'heure pour moi de rentrer.

Il acquiesce et nous prenons ensemble le chemin du village avant de nous séparer pour regagner nos pénates.

Chapitre 11

Ben

La veille…

Ce soir, Tristan doit rejoindre ses amis dans un bar qui organise un Karaoké spécial Noël. Je l'accompagne et Théo doit m'y retrouver pour discuter de cette histoire de nouvelle rencontre. J'ai surtout besoin de savoir ce qu'il compte faire avec Joana. J'avoue que ça m'arrange qu'il ait rencontré quelqu'un, ça enlève la pointe de culpabilité que je ressens envers lui. Et peut-être qu'une fois célibataire, elle acceptera de voir ce qu'elle a devant elle. De me voir moi.

— C'est bon, Pa', on peut y aller.

Je redresse mon visage vers mon fils et siffle d'admiration.

— Eh bien, tu sors le grand jeu. Je suppose que Maya sera de la partie ce soir, dis-je en fixant sa chemise blanche sur le seul jeans qui compose son armoire.

Il lève les yeux au plafond en enfilant sa veste.

— Moi, au moins, je ne me morfonds pas pour une fille déjà prise! attaque-t-il fourbe.

— Eh! Je croyais que tu adorais Joana?

— Bien sûr, mais je n'aime pas la tournure que ça prend. Toi qui prônes l'honnêteté dans toutes tes relations. Je pense qu'il serait temps que tu te serves de tes propres conseils.

Il sort, me laissant comme un con à cogiter. Je récupère mon portefeuille et mes clés avant de le rattraper dans les escaliers.

— La situation est compliquée et tu le sais. J'ai toujours été honnête jusqu'ici. Seulement, là je risque de faire souffrir quelqu'un et je ne le souhaite pas. Bien au contraire.

Il me jette un regard en coin avant de répondre.

— Je le sais, Pa', mais toi aussi tu souffres. Tu ne dis rien, tu t'obstines avec ton objectif. Rester près d'elle dans l'attente de sa séparation, et espérer qu'elle te choisisse toi. C'est ridicule!

Je lève les yeux au ciel agacé et admiratif de l'intelligence de ce gamin. Nous arrivons devant l'établissement où l'on entend l'ambiance festive, mais il m'arrête d'une main en m'intimant de lui faire face. Je le regarde surpris, mais attends qu'il me parle.

— En fait, ce qui m'énerve le plus, c'est que je ne te reconnais pas. Tu es un battant, un fonceur. Tu as abandonné tes rêves pour moi, tu t'es battu pour m'offrir une vie correcte et une bonne éducation. Quand tu décides de quelque chose ou que tu as un projet, une idée, n'importe quoi, tu fonces jusqu'à l'obtenir. Alors, te voir là, à attendre…

Je hoche la tête et pose ma main sur son épaule pour le rapprocher de moi. Il a tellement raison. Ce n'est pas mon genre de patienter sagement jusqu'à ce qu'on vienne à moi. Si vraiment je veux séduire Joana, je dois y aller tant pis pour les conséquences. De toute façon, Théo va bientôt la quitter, je pourrais être plus entreprenant, non? Je vais lui montrer ce qu'elle loupe.

Après une accolade père-fils, nous entrons et nous nous installons à une table. Tristan décide de rester avec moi le temps que mon pote débarque. Mais quand je comprends qu'il se fait désirer, je m'agace.

— Va rejoindre tes amis, ils s'impatientent, dis-je en voyant des jeunes lui faire signe.

— Je peux attendre ne t'en fais pas, à moins que tu n'en profites pour foncer ? questionne-t-il en fixant une grande tablée bruyante.

Intrigué, je tourne le visage, et suis happé par la noirceur de son regard qui attire le bleu-vert des miens.

Joana.

Mon Dieu, cette femme me fascine. Je lève mon verre vers eux quand je remarque ses amis pivoter vers moi curieux.

— C'est comme ça que tu fonces ? m'interroge mon fils sceptique.

— Elle est en famille, je suppose…

Il me fixe perplexe, les sourcils froncés en jetant un œil à la table de sa prof.

— Attends, tu penses qu'elle aussi a quelqu'un d'autre que Théo ?

— Non, enfin… elle est toujours entourée d'hommes alors…

Tristan observe la tablée en train d'encourager un couple qui monte sur scène.

— Franchement, tu vois un mec près d'elle là ? Tu te trouves seulement une excuse…

Je hausse les épaules en braquant mes prunelles sur l'estrade. Une brune timide et un gars au teint basané chantent *Vive le vent* en se tenant la main. Ce couple a l'air heureux et surtout, c'est le type qui était avec Joana sur les pistes. Un de moins qui pourrait prétendre être son amant donc…

— Excusez-moi.

Je tourne la tête pour découvrir qui me parle.

— Euh oui? dis-je légèrement surprise de voir l'un des hommes qui était à la table de ma cascadeuse.

— Pardon de vous déranger, mais j'ai cru comprendre que vous connaissiez ma sœur? questionne-t-il en désignant, je vous le donne en mille, la prof de mon fils.

— M'dame Moreau? interroge Tristan en souriant.

— Oui, tu es un de ses élèves?

Tristan hoche la tête avant que le frère de Joana reprenne.

— J'aurais un service à vous demander, une de nos frangines se fait attendre et du coup Jo se retrouve seule pour son passage, alors si vous pouviez la remplacer ce serait sympa, implore-t-il en me fixant de ses yeux bleus si différents de ceux de Joana me dis-je avant de répondre :

— Euh… oui, OK.

— Cool! Bon, elle va sûrement râler, mais ne vous inquiétez pas, elle ne mord pas, m'assure-t-il en riant.

Je n'ai pas le temps d'ajouter quoi que ce soit qu'il rejoint sa table et surtout, sa sœur qu'il force à aller sur scène. Je finis mon verre d'une traite en espérant que l'alcool me donne le courage nécessaire pour ce qu'y m'attend.

Le regard qu'elle me lance en dit long sur ce qu'elle pense de l'idée de son frère. Je la taquine et souris face à sa moue boudeuse puis la musique commence.

Je la suis et en profite pour m'approcher d'elle. Une main sur sa hanche, je résiste de tout mon corps pour cacher mon trouble. Je suis attiré par cette femme, mais je n'ai jamais été aussi proche physiquement. Et mon cœur qui bat plus vite m'étourdit légèrement. Son regard dans le mien me dévoile des choses que je n'ose interpréter. Je reprends mes esprits au son des applaudissements et pose mes doigts sur le bas de son dos pour l'inciter à sortir de scène. Le sentiment d'abandon que je ressens quand je me vois obligé de m'éloigner me surprend.

Je remarque qu'elle aussi ce moment la perturbe et si j'en suis ravi, je décide de la taquiner un peu pour l'aider à reprendre pied dans la réalité.

Devoir la laisser rejoindre sa table me fait dire n'importe quoi. Je me fustige intérieurement de ma débilité quand je la vois glisser. Mon instinct doit toujours être aux aguets avec elle, je ne sais pas combien de fois elle tombe par jour, mais bon Dieu, j'ai jamais vu ça.

Je profite sans honte de l'avoir contre moi pour humer son parfum avant de retrouver Tristan qui hoche la tête en me souriant. Il se lève pour rejoindre ses amis et m'offre une tape sur l'épaule comme pour me féliciter.

Parfois, je me demande qui est l'adulte de nous deux…

Mon regard se perd à l'endroit où je pensais voir mademoiselle maladroite qui a visiblement disparu. Est-ce que notre petit duo l'aurait perturbée plus que de raison ?

— Putain, mec, je suis dans une merde noire ! se plaint Théo en s'installant près de moi, me surprenant.

Je l'observe en attendant qu'il développe.

— Je viens de croiser Jo.

Ne sachant pas ce qu'il va m'apprendre, je reste silencieux. Le serveur arrive pour sa commande et une fois fait, il pose sa tête entre ses mains.

— Elle veut qu'on se retrouve demain, dit-il l'inquiétude perçant dans sa voix.

— Et ? C'est une bonne chose, tu vas pouvoir lui parler.

Enfin, je vais pouvoir passer à l'étape suivante avec elle, pensai-je.

— Tu ne comprends pas. Je ne peux pas la quitter à Noël !

— Parce que tu crois que la tromper, c'est mieux ? m'exaspéré-je.

Il prend une grande inspiration puis m'explique.

— Elle a un souci avec cette période. Je ne sais pas exactement quoi, mais elle m'a avoué ne pas avoir profité des fêtes avec sa famille depuis quatre ans.

Surpris par cette révélation, je ne comprends pas où il veut en venir. Surtout que la fratrie avait l'air de bien s'amuser tout à l'heure. S'il y avait eu des soucis avec son entourage, j'aurais senti la tension quand je les observais, non ?

— D'accord, mais tu ne peux pas la balader ! Il faut que tu sois honnête avec elle, assuré-je.

Le serveur dépose nos bières et après une gorgée, il reprend.

— Tu ne saisis pas. Je ne souhaite pas lui gâcher ses vacances, même si je ne l'aime pas comme je devrais, elle reste mon amie.

— Parce que tu crois qu'elle va passer de bonnes fêtes si elle tombe sur toi et ta nouvelle conquête au détour d'une piste ? m'agacé-je.

Parfois, je ne comprends pas ce mec !

— Non, bien sûr, mais après tout, elle ne voulait pas que je l'accompagne à la base alors… Et puis, on n'a pas les mêmes activités. Ça m'étonnerait que l'on se croise.

Je fronce les sourcils, complètement sonné. Il est sérieux ? Je n'en reviens pas. Il va la laisser espérer alors qu'il vit sa vie avec une autre ?

Je secoue la tête pour lui montrer mon désaccord seulement, je vois bien qu'il est certain de bien faire. Il pense la protéger. Je suis tenté de lui dire ce que je ressens. Je devrais le faire, ça ne poserait pas de problème puisqu'il va la quitter, mais ce qu'il me quémande m'oblige à reporter.

— Je sais que je t'en demande beaucoup, mais tu pourrais me couvrir si jamais tu la croises? Je dois y aller, mais je compte sur toi, mon pote, enfin compte tenu de votre entente, ça ne devrait pas être trop compliqué.

Je le regarde éberlué se lever sans me laisser le temps de formuler une réponse. Je me retrouve seul à ruminer. Me voilà à séduire la copine de mon meilleur ami, qui la trompe et je dois garder le secret?

Bon Dieu! Qu'est-ce qui m'arrive? Je ne pouvais pas tomber sous le charme d'une femme simple et célibataire?

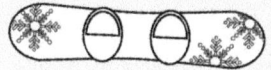

J'ai passé ma nuit à réfléchir. Dois-je lui dire la vérité au risque qu'elle tire sur le messager? Ou alors, je fais l'innocent en couvrant Théo en priant pour qu'elle ne découvre pas mon implication, si par miracle nous entamons une relation.

Dans les deux cas, je suis dans la merde…

Je reviens de mon footing plus tôt que d'habitude. Mes réflexions m'ont tellement énervé que j'ai accéléré ma cadence sans m'en rendre compte. Tristan prend son petit-déj' et me regarde en fronçant les sourcils. Il avale sa bouchée de céréales avant de demander :

— Qu'est-ce qu'il t'arrive? Tu as l'air contrarié.

J'enlève mon manteau et mes baskets trempées. Le sol a beau être dégagé de toute neige, l'humidité de l'air se fait sentir.

— Ne t'inquiète pas, réponds-je en allant prendre un verre d'eau que je bois d'une traite.

— Hum, je vous ai vus sur scène. Comme tout le monde et franchement, c'était presque gênant. Mais au moins, on peut dire que l'attirance est réciproque.

Je le fixe pendant qu'il mange bruyamment. Je ne sais pas quoi répliquer. D'une c'est mon fils et parler de ses relations amoureuses, ça va, mais des miennes c'est nouveau. De deux, car je suis attiré par sa prof, mais quant à savoir si elle l'est aussi, c'est une autre histoire. J'ai senti qu'elle était troublée par notre moment, mais n'était-ce pas mon imagination ?

Nous nous préparons pour faire quelques descentes quand Tristan décide de m'abandonner sans explication. Je profite de la piste sans faire réellement attention à ce qui m'entoure. Je slalome entre les gens en savourant le paysage, perdu dans mes pensées.

La même chose envahit toujours mon crâne et je ne sais pas encore quoi faire, quand vient l'heure de retrouver Théo.

Je dépose mes affaires à l'appart et file en direction de l'adresse qu'il m'a donnée par texto. Mais en arrivant devant la porte, une furie en sort manquant de peu, mon visage.

En comprenant de qui il s'agit, je ne peux m'empêcher de la taquiner. Seulement, la virulence de sa réaction me surprend et me laisse sans voix, avant de reprendre rapidement contenance. Je ne sais pas pourquoi elle est si furieuse, mais j'ai l'impression que ce n'est pas uniquement de ma faute. Est-ce que Théo aurait revu ses plans ? Putain, j'espère que oui !

En attendant, je ne me laisserai pas agresser par une furie et puis j'ai déjà dit que j'adorais l'agacer ?

Seulement, ce n'est pas de la colère que je perçois dans ses prunelles. Je ne résiste pas à plonger mes yeux dans les siens et je peux voir la douceur au fond de la noirceur de ses iris. Cette femme est réellement un mystère que j'aimerais percer. Puis, son regard change à nouveau quand il me quitte pour se poser sur Théo, tuant tous mes espoirs.

Elle retrouve son enthousiasme quand il accepte une sortie et se pend à son cou quémandant un baiser qui ne vient pas comme elle le souhaitait. Elle reste hébétée quelques secondes les sourcils froncés. Je ne peux m'empêcher de la taquiner pour la détourner de sa déception. Parce que la découvrir aussi perdue face aux réactions de son copain me fait mal pour elle.

Nous sommes interrompus par son frangin qui la fait littéralement fuir. Je m'apprête à reprendre la route dans le sens inverse quand on m'interpelle.

— Eh… Euh, Ben !

J'aperçois le frère de Joana venir vers moi avec l'un des mecs qui s'inquiétaient pour elle après notre chute.

— Excuse-moi, c'est bien Ben ton prénom ? J'ai cru entendre ma sœur prononcer ce nom, mais je peux me tromper.

— Si, si, c'est moi ! Enfin, c'est Benjamin, mais on m'appelle Ben le plus souvent, acquiescé-je.

— Cool, moi c'est Jonathan et voici mon compagnon Vince.

Je les salue un peu rassuré que ce Vince soit aussi de la famille.

— Ça te dit un café ? propose-t-il en désignant l'établissement d'où sortait Joana.

J'accepte, ravi de pouvoir en découvrir plus sur ma cascadeuse. Et son frère n'est pas avare en bavardages. J'apprends qu'il est son jumeau. J'ai eu du mal à le croire franchement ! Il est brun aux yeux bleus perçants, et même s'il n'est pas très grand, sa sœur ne doit pas être beaucoup plus petite que lui. Je n'ai jamais vu deux personnes aussi opposées physiquement. De fil en aiguille, je me retrouve invité chez eux pour une soirée spéciale selon lui. Je n'ai pas pu refuser, il ne m'a pas laissé le temps et puis on ne va pas se mentir. J'ai hâte de découvrir la réaction de mademoiselle maladroite…

Chapitre 12

Joana

Quand j'arrive dans le chalet, c'est la folie. Je vois les hommes galérer à mettre le sapin en place sous les ordres de ma mère, et les autres essaient de retenir les enfants qui sont excités et sautent partout. Je me faufile dans ma chambre, hors de question de me priver de ma douche. Avec mes activités de la journée, il faut que je délasse mes muscles avec une bonne dose d'eau chaude.

L'avantage de rester en famille ce soir, c'est que je n'ai pas besoin de trouver une tenue trop habillée. Un leggins et un chandail en cachemire blanc feront l'affaire. Je laisse mes cheveux tomber sur mes épaules, ils finiront de sécher à l'air libre. Je chausse mes chaussons de Noël, car chez les Moreau, la tradition n'est pas aux pulls moches, mais aux pantoufles. Il y en a pour tous les goûts et les miens je les adore, ce sont des rennes au nez rouge. Rudolph. Il est mon renne préféré, puisque c'est grâce à sa différence qu'il sauve Noël. À l'aide de sa particularité, il éclaire le ciel et le père Noël peut traverser le brouillard et apporter les cadeaux de tous les enfants.

Être différente, c'est souvent ce que j'ai ressenti avec ma famille. Ils sont tous tellement intelligents et beaux que ça en est indécent ! Je sais qu'être jalouse des personnes de ma fratrie c'est idiot, mais quand je les observe, je vois tout ce que j'ai raté. Bon, stop ! Il faut que j'arrête d'avoir ce genre d'idées. Ils n'ont rien fait pour que je pense cela. Ils sont simplement eux-mêmes, mais ce n'est pas le moment pour réfléchir à tout ça. Aujourd'hui, on décore le sapin et ça fait des années que nous ne l'avons plus fait ensemble, il est temps de mettre un terme à mes états d'âme.

Je descends en courant dans les escaliers, toute guillerette.

— Attendez-moi, j'arrive !

Il ne me reste plus que trois marches quand je me prends les pieds dans mon propre chausson et que je manque de m'étaler à terre. Heureusement, un des hommes vient de me rattraper sous les rires de tout le monde.

— Oh, ça va, vous avez l'habitude, maintenant ! dis-je exaspérée par ma maladresse.

Je regarde toute l'assemblée et une chose me frappe. Ils sont tous présents. Alors qui me tient ? Je me redresse rapidement quand je vois mon élève dans le fond du salon bouche bée.

— Décidément, je suis toujours là au bon moment.

Ce timbre chaud vibre en moi, me remue de l'intérieur. Pourquoi est-il ici ? Comment mon corps peut réagir d'une telle manière à son contact alors que je le déteste ? Je n'en sais rien, mais je commence à en avoir marre de ces hormones qui n'en font qu'à leurs têtes !

— Qu'est-ce que tu fous là ? questionné-je d'une voix où perce mon agacement.

— Merci de m'avoir empêché de me prendre une gamelle, Ben. C'est ce que ma sœur voulait dire. Tu lui pardonnes, elle n'a pas dû suivre le cours de bonne manière de ma mère, s'excuse mon frère pour moi en me laissant incrédule.

— Ce n'est rien, j'ai l'habitude maintenant. Ce n'est pas la première fois que je suis présent au bon moment.

— Ah ! Tu as déjà eu affaire à miss catastrophe ? Cool, comme ça on n'a pas à se censurer en se remémorant des anecdotes sur notre enfance, se marre mon jumeau.

Je les regarde échanger comme si je n'étais pas là. Je croise les bras dans l'attente d'une explication.

— Bon, vous allez m'expliquer ce qu'il se passe ? Pourquoi Benjamin et son fils sont présents à notre soirée familiale ?

— J'ai invité un ami. Cela te dérange peut-être ?

Dépitée, je fusille mon frère de mes yeux bruns. Il me sourit, fier de lui, et me laisse seule avec mon pire ennemi.

Enfin, ça, c'est que j'ai envie de me faire croire.

— Si vraiment je gêne, on peut partir, propose mon ennemi.

— Non. Non, je ne vais pas vous chasser, c'est juste que ça m'a surprise, expliqué-je pour le rassurer.

J'observe Tristan, joyeux, s'occuper de confectionner une guirlande de pop-corn et je ne peux aucunement lui dire de partir. Ce ne serait pas correct de ma part. C'est Noël après tout.

— D'accord, donc si tu ne vois aucun inconvénient, je vais rejoindre ta famille.

Il me laisse comme une cruche et je me précipite vers mes sœurs aînées pour installer les chaussettes de Noël sur la cheminée. Ensuite, on s'installe pour découper du papier crépon pour faire des cordons de couleurs. Je jette des coups d'œil vers notre visiteur surprise qui discute avec mon père. Il doit sentir mon regard, car il tourne le visage vers moi et pendant un instant, j'ai l'impression que nous ne sommes que tous les deux dans cette pièce. Cet homme me fait un effet dingue et je suis obligée de me secouer pour ne pas perdre la tête. C'est le meilleur ami de Théo, bon sang ! Je n'ai jamais trompé personne et ce n'est sûrement pas avec lui que je vais commencer. Je dois être frustrée de la tournure que prend ma relation avec Théo, pour que mon corps réagisse de cette façon. Je ne vois que ça comme explication.

Mon père met en route notre playlist traditionnelle et je me concentre sur Elena lui montrant comment fabriquer une couronne en papier. Je l'aide à faire le tour de ses doigts sur les feuilles cartonnées vertes et je les découpe minutieusement sous son regard émerveillé. Ensuite, il suffit qu'elle colle toutes les minuscules mains, les unes aux autres, pour former un cercle. Nous agrémenterons le tout de paillettes et autres pompons pour la rendre parfaite à ses yeux. Une fois qu'elle l'a terminée, elle se précipite dans mes bras pour me remercier. Je savoure la chaleur de son petit corps contre moi, qui me donne le sourire. Pourquoi je me suis privée de ce genre de moment, déjà ? Peu importe, de toute façon, je ne m'éloignerai plus d'eux désormais. C'est tout ce qui compte.

— Dis, tata, pourquoi le monsieur il fait que de te regarder ? Il a peur que tu tombes encore ?

Je la fixe surprise et je ne peux m'empêcher de balader mes prunelles vers les hommes qui discutent entre eux. Seulement, moi qui voulais être discrète, me voilà une nouvelle fois happée par son regard. Il m'observe tout en hochant la tête à ce que raconte mon père, puis, après un sourire en coin, il détourne le visage me faisant revenir à ma nièce.

— Non, je crois qu'il est jaloux de ta couronne, ma puce, réponds-je sous l'œil amusé de mes sœurs qui même si elles ne disent rien ne sont pas dupes.

Je me suis fait griller…

Un groupe aide les enfants à décorer le sapin avec nos créations et l'autre file en cuisine préparer des boissons. Ma mère s'occupe du vin chaud, le péché mignon de papa. Judith et Joyce font les cafés. Quant à moi, je prépare des chocolats, ma spécialité. Avec des guimauves et de la crème fouettée, je ne connais rien de meilleur à cette période.

— Il est sympa le nouvel ami de Jonathan. Et son fils est très bien élevé. Tu ne trouves pas, Jo ?

Je lève les yeux au ciel en entendant les propos de ma mère. Je reste cependant concentrée sur ma préparation.

— Ouais, Tristan est adorable, réponds-je vaguement en ne voulant pas qu'elle se fasse de fausses idées.

— Quand même, Ben est beau gosse, non ?

Maman arrive à mes côtés et je redresse la tête.

— Tu disais ?

— Ne fais pas l'innocente, jeune fille ! Ça ne prend pas avec moi, insiste-t-elle un sourire au coin des lèvres.

— De quoi est-ce que tu me parles ? C'est le père d'un de mes élèves ! rappelé-je.

Ma mère lève les yeux au plafond et je suis presque choquée de la voir faire ça. Je mets le lait chaud dans les mugs et ouvre le paquet de mini guimauves.

— De toute façon, il est blond, maman. On sait tous qu'elle préfère les bruns.

Je ne prête pas attention aux propos de Judith. Et commence à mettre la crème fouettée dans chaque tasse.

— Il a les yeux clairs, c'est déjà ça, non ? renchérit Joyce.

Je suis surprise de l'entendre participer à cette conversation. Et encore plus de voir l'absence de Julia. Avant de prendre le plateau où sont disposées les boissons, je m'informe :

— Où est Julia ?

— Au téléphone, elle avait un truc avec son boulot, je crois, répond Judith en haussant les épaules.

Je suis sceptique. Elle doit être avec son mystérieux copain, mais je ne fais aucun commentaire. Elle veut son intimité et je la comprends. Je suis la première à le réclamer, même si mes raisons sont tout autres.

Je laisse les amateurs de chocolat se servir, il ne me reste rapidement plus qu'une seule tasse et je me tourne pour la déposer sur la table.

— Oh putain, c'est chaud !

Merde ! Je viens de percuter Ben. J'oublie le plateau à terre et prends une serviette pour aider Benjamin à éponger la catastrophe.

— Pardon, je ne t'avais pas vu, m'excusé-je en tapotant son pull.

Cela n'a aucun effet et puis il grimace dès que son haut se colle à son torse. *Quelle conne !* Le lait est brûlant, ses affaires le sont aussi maintenant. Dans une impulsion, je soulève son pull et son polo d'un même mouvement. Sauf qu'au lieu de lui prendre les habits et de filer lui en trouver d'autres, je reste fixée sur ses abdos. Un regard sur lui et le désir fait réagir mon bas-ventre. *Putain ! C'est quoi cet homme ?!*

Je reviens à moi au moment où j'entends son rire. Je relève le visage vers le sien et d'un clin d'œil, je comprends qu'il m'a grillée.

Il ne manquait plus que ça ! Déjà qu'il est persuadé que je ne suis pas assez bien pour son meilleur ami, ce n'est pas en fixant son corps comme une affamée que je vais plaider ma cause.

Il suit Sofiane qui lui propose un de ses vêtements et je me dépêche de ramasser les dégâts au sol.

— Ça va ? demande mon frère accroupi à mes côtés pour m'aider à éponger le lait.

— Oui, ce n'est pas moi qui ai été brûlée, murmuré-je gênée.

Son œillade se fait rieuse et je sens la connerie arriver à plein nez.

— Oh ! Ça, je sais. Non, ce qui m'a alerté, c'est ton regard. Il te reste un peu de bave, là.

Il pose son doigt sur le coin de sa bouche et par réflexe, je fais le même geste. Je me fustige de m'être fait avoir.

— Je t'avoue que je me suis régalé, moi aussi, reconnait-il avec un clin d'œil.

Je lui frappe le bras en le menaçant.

— Fais gaffe ou je le dis à Vince !

Il se marre en se relevant et je termine de récupérer les débris.

— Décidément, tu as un truc contre moi, je me trompe ? s'informe Ben en revenant vêtu d'une chemise propre.

Je sursaute et un morceau de la tasse brisée m'entaille le doigt.

— Aïe ! Putain, mais ce n'est pas vrai, tu ne peux pas faire attention, m'énervé-je.

— Dis celle qui m'a ébouillanté.

Je ne prête pas attention à ses propos et regarde la coupure. Il m'attrape la main et la met sous le robinet. Il actionne l'eau froide et passe mon doigt dessous. Je me laisse faire comme une poupée, car à l'instant même où nos peaux sont entrées en contact mon corps a cessé de m'obéir. Je ne peux me soustraire ni à sa prise ni à son regard qui demeure rivé au mien, subjuguée par tout ce que cet homme, aussi horripilant que fascinant, crée en moi. Je n'ai jamais ressenti cela auparavant, il n'y a que lui pour faire bouillir le sang dans mes veines et s'envoler des papillons dans mon ventre. Et tout ça, sans jamais l'avoir embrassé, touché, ni même caressé. Ce constat me pousse à réagir juste à temps. Un peu plus et je lui sautais au cou pour approfondir les sensations que lui seul arrive à me donner. Je récupère ma main d'un geste. Je ne sais pas ce qu'il attend de moi, de nous. Je ne comprends pas à quoi il joue. Je suis la petite amie de Théo, il ne devrait pas me regarder comme il le fait. Il ne devrait même pas être ici, ce soir. Je m'éloigne un peu plus, pour reprendre contenance, le faisant revenir à lui. Son visage, si avenant quelques instants plus tôt, se durcit. Il ouvre la bouche et je sens venir la pique.

— Eh bien, je vois que vous faites connaissance.

Surpris, nous nous tournons comme un seul homme vers le responsable de cette intrusion. Tous mes beaux-frères sont les uns derrière les autres, les mains chargées de plateaux remplis de tasses. Ils entrent et déposent le tout dans l'évier.

— On n'a pas besoin de faire connaissance, c'est le père d'un de mes élèves, c'est tout ! m'énervé-je.

Si le regard de Benjamin pouvait tuer, je crois qu'il faudrait creuser ma tombe. Je ne sais pas ce qui lui prend, mais il semble contrarié par cette vérité.

— Je ne suis QUE le père de Tristan et puis elle a déjà quelqu'un de toute façon ! ajoute-t-il d'une voix sourde.

Après avoir lancé cette bombe, il me laisse seule et je l'entends demander à Tristan de dire au revoir. Moi, je reste tétanisée, dans cette cuisine, sous les yeux curieux des hommes présents.

Chapitre 13

Joana

— Euh, Jo, ça va ?

Je hoche la tête pour rassurer mon frère qui est apparu devant moi.

— T'inquiète, chéri, elle va bien, mais je crois que Ben vient de nous dévoiler un secret qu'elle n'était pas prête à partager.

Il fronce les sourcils et regarde Vince.

— Quel secret ? Jo ? Tu es sûre que ça va ? Tu es toute blanche, insiste mon jumeau perdu.

— Oui, oui, je vais bien. Je suis fatiguée, je vais aller me coucher.

S'il paraît surpris, il ne dit rien et me laisse passer. Je monte directement me réfugier à l'étage. Putain, mais pourquoi il a été parler de ça ?! Il ne pouvait pas se taire, ce con ! Comment je vais m'en sortir, moi maintenant ?

Je tourne en rond dans ma chambre, essayant de me remettre les idées à l'endroit. Bon, pour commencer, ils ne sont pas au courant que Théo est dans la même station que nous. C'est une bonne chose, il va falloir que je fasse en sorte d'être vraiment discrète

quand je serai avec lui. Heureusement, lorsque j'ai réservé pour la randonnée, ils m'ont dit que nous prenions les deux dernières places et comme je sais que toute ma tribu est occupée, nous serons tranquilles toute la journée.

Je ne comprends pas pourquoi Benjamin a lâché ça, mais il va me le payer! Il ne connaît rien de moi, de ma vie, de ma famille, alors de quel droit se permet-il de divulguer ma vie privée?

Toc, toc.

Avant même que je n'amorce un début de réponse, la porte est déjà ouverte sur une Julia au regard inquiet.

— Coucou, ma Jo, ça va?

— Oui, entre. On ne t'a pas beaucoup vue ce soir, dis-moi.

Elle m'offre un sourire en coin, remettant une mèche de ses cheveux derrière son oreille en s'installant à mes côtés sur le lit.

— Je suis amoureuse, annonce-t-elle d'une voix faible. Enfin je crois, c'est encore récent, mais je n'ai encore jamais ressenti cela, tu vois.

— Je suis heureuse pour toi, tu le mérites, petite sœur, dis-je en prenant sa main. Tu veux m'en parler un peu?

— Qu'est-ce que je pourrais dire… hum, on a les mêmes passions, le même humour et surtout, bon Dieu, qu'est-ce qu'il est beau gosse! s'exclame-t-elle en s'éventant avec sa main.

— Mon Dieu, petite sœur, tu es aussi rouge que le nez de Rudolph, me moqué-je.

Nous restons silencieuses un moment, perdues dans nos réflexions. Et curieusement, les miennes partent vers des yeux bleu-vert et une fossette cachée derrière une barbe blonde.

— Et toi? On m'a dit que le beau gosse du Karaoké avait lâché une bombe.

Je souffle et regarde le plafond. *Encore lui, toujours lui…*

— Mmm, je n'ai pas trop envie d'en parler, c'est compliqué, murmuré-je en pensant à mon petit ami qui disparaît peu à peu de mon esprit à mon grand dam.

Je ne sais plus quoi espérer de notre relation. Mais je me laisse le temps d'y réfléchir. Après tout, on doit se voir bientôt et je suis certaine qu'après une journée avec lui j'y verrai plus clair.

— OK! Bon, tu viens faire une partie de Pictionary? propose ma sœur en se levant.

Je pèse le pour et le contre et finalement, la suis. Après tout, je suis là pour passer Noël en famille, pas pour ressasser ma relation amoureuse et les sessions de jeu conviviales sont une tradition depuis notre adolescence.

Nous descendons et je fais bien attention aux dernières marches pour ne pas renouveler l'exploit du début de soirée. J'appréhende de me retrouver avec mes frangins, mais je suis vite rassurée. Le tableau à dessin devant la cheminée, ils sont installés par terre à se chamailler pour faire les équipes.

— Nous voilà! s'exclame Julia, les faisant tous se tourner vers nous.

— Jo, dis-leur qu'on est ensemble! supplie Jonathan.

— Non! C'est hors de question! s'offusque Sofiane.

— Je suis d'accord, ce serait déloyal! soutient Anton.

Vince hoche la tête en accord avec ses camarades rapportés. Je souris de les entendre râler. Ils détestent tous perdre et avec Jonathan, nous avons toujours été complémentaires, c'est notre force. Nous ne sommes pas jumeaux pour rien! On a beau être des plus différents physiquement, nous avons grandi ensemble et jamais l'un sans l'autre…

Je pose mes paumes sur mes hanches, faussement agacée et tranche.

— Pour une fois, on va jouer chacun pour soi!

— Hein ?!

— Impossible !

Ils parlent tous en même temps, provoquant un brouhaha de tous les diables. Judith se lève et tape dans ses mains essayant de ramener le calme.

— On se tait et vous écoutez ! Bon sang, vous êtes pires que des gosses !

Une fois le silence revenu, je la remercie du regard et expose ma solution.

— On va simplement jouer chacun notre tour. Si on réussit à faire deviner le nom du film, on gagne un point ainsi que celui qui le devine, à la fin on fait les comptes et c'est tout, fin du débat.

Ils acquiescent tous prêts à se donner à fond. Bon surtout les gars, les filles se marrent de voir leurs mecs se charrier. La partie commence et on va de *Star Wars* au *père Noël est une ordure*, en passant par *la Reine des neiges*. Nos dessins sont tous approximatifs et on se moque les uns des autres.

— Mais franchement, c'est facile ! s'énerve Judith.

J'ai beau regarder ses esquisses, je suis complètement perdue. Il y a une boule difforme, une météorite peut-être ? Un récipient fumant et un bonhomme bâton avec un genre de casque sur les oreilles. Je me creuse les méninges, mais rien de me vient. Les autres disent tout et n'importe quoi ce qui agace encore plus notre aînée. On capitule et elle nous révèle le titre.

— *La Soupe aux choux*, bon sang !

On la scrute surpris et explosons de rire, simultanément. J'en ai mal au ventre tellement c'est drôle. Judith qui boudait finit par nous imiter. Son croquis est absurde et à chaque fois que je pose mon regard dessus, mon fou rire reprend.

Une fois calmés, nous rangeons notre bazar et allons dans nos chambres. Cette soirée m'a fait un bien fou. Il n'y a pas à dire, mes frangins sont une part de mon bonheur. Sans eux, je ne suis pas complète.

Je me couche, après avoir envoyé un texto à Théo lui souhaitant une bonne nuit et lui confirmant la réservation dans deux jours. J'ai hâte de passer un peu de temps en sa compagnie. Et surtout que sa présence efface les sensations que l'autre connard m'a fait ressentir. J'ai besoin de savoir que mon corps est toujours attiré par l'homme avec qui je sors. Je suis sûre qu'une fois que mes lèvres seront posées sur les siennes, je n'aurai plus aucun doute quant à mon attrait pour lui. Enfin, je l'espère.

Le lendemain est une journée parfaite. Je passe mon temps sur les pistes et même si je donne des conseils à Tristan, le fait que je ne vois pas l'ombre de son père me la rend magnifique. J'ai déjeuné avec ma famille, et malgré l'absence de notre cadette, nous nous sommes bien amusés. Aucun d'eux ne m'a parlé de ce qu'ils ont découvert et je leur en suis reconnaissante. En même temps, ils ne sont pas dans la meilleure position pour m'en parler après ce qui est arrivé les années précédentes.

Seulement, ma joie est de courte durée parce que Julia devait nous rejoindre pour notre jeu traditionnel, mais nous n'arrivons pas à la joindre. Jonathan n'hésite donc pas à se servir du numéro de son soi-disant nouvel ami. À mon plus grand malheur. Je sais qu'il pense bien faire, il est tellement persuadé qu'il me plaît qu'il est prêt à n'importe quoi. Malheureusement, après ce qu'il a osé dire hier, je ne suis pas certaine de réussir à le supporter. Il se doutait que je ne voulais pas dévoiler l'existence de mon copain. Même s'il ne comprenait pas pourquoi, il aurait dû se taire. C'est ma vie privée. Cela ne le concerne en rien.

Bon, de toute façon je n'ai pas vraiment le choix, ils sont tous prêts pour notre activité traditionnelle de Noël et c'est le moment idéal puisqu'il a neigé toute la nuit.

Chapitre 14

Ben

Ouais, je sais, j'ai merdé! Je ne pourrais pas vraiment expliquer ce qui m'a pris. Je crois que la voir me reléguer dans une case inaccessible m'a mis hors de moi. Je ne suis pas juste le père de Tristan, bon sang! Je suis un homme, moi aussi! Un mec avec des sentiments, des désirs. Il n'est pas question qu'elle me laisse ainsi. Elle ne m'a pas *friendzoné*[7], mais *parentzoné* et je trouve cela encore pire. On serait amis, je pourrais toujours l'approcher et la faire changer d'avis, mais si elle ne me voit que comme le géniteur de son élève, alors je ne pourrai rien faire quand Théo la quittera. Et je compte bien la séduire une fois qu'elle sera libre.

Dévoiler à sa famille sa relation n'était pas la meilleure des idées, mais on passait une super soirée tous ensemble, avant qu'elle ne gâche tout. J'ai bien remarqué ses regards sur moi, je ne suis pas fou! Et je ne parle même pas de la lueur de désir que je suis certain d'avoir capté quand j'ai retiré mes fringues.

Je souffle et me tourne pour la énième fois dans mon lit. Et pour clore le tout, mon fils me fait la gueule, car il s'amusait et que je l'ai pressé de partir.

Bon, ça ne sert à rien d'insister, je n'arriverai pas à dormir. Je me lève, enfile un jogging, mon haut de sport et pars courir. Je prends

---

7 Situation ou une personne ne souhaite qu'une relation amicale, alors que l'autre désire une relation amoureuse/sexuelle.

un sentier et découvre une petite colline enneigée. Je grimpe en sachant que la neige va vite traverser mes vêtements peu adaptés à la météo d'ici. Mais l'effort fourni me permet d'évacuer toute la frustration de la situation. Puis, une fois en haut, la vue du village illuminé par les premiers rayons du soleil me fait tout oublier. Je reste debout à observer le paysage magique qui s'offre à moi. La brume au sommet des montagnes se dégage lentement. Les décorations clignotent sur les devantures des magasins. Et le grand sapin a été installé en plein milieu d'une place près des pistes. C'est féerique et je remercie Joana de m'avoir fait venir jusqu'ici. Car même si elle n'est pas au courant, c'est pour elle que je suis là. Je n'aurais jamais choisi cette station autrement.

Sans savoir combien de temps je reste admiratif, je suis surpris par la sonnerie de mon téléphone. Davantage, en découvrant le nom de Jonathan.

— Allô, décroché-je en fixant l'horizon.

— Ben, c'est Jonathan… le frère de la prof.

— Je me souviens, le coupé-je en riant.

Il souffle de soulagement et rit légèrement.

— Cool, dis-moi tu es occupé cette après-midi ?

— Pas spécialement, rétorqué-je en fronçant les sourcils, étonné.

— Super ! Ça t'intéresse de participer à une tradition de la famille Moreau ?

— Hum… réponds-je sceptique en pensant à sa sœur qui ne doit pas être au courant de cette proposition.

— Pour être honnête, il nous manque un participant et ce serait dommage d'annuler, explique-t-il d'une voix où je perçois sa déception.

— Euh… d'accord.

— C'est vrai ? Oh tu nous sauves la vie, mec ! Merci ! On t'attend vers quatorze heures trente, crie-t-il tout excité avant de raccrocher.

Je range mon portable et reprends ma route en marchant sans cesse de penser à ma cascadeuse. Comment va-t-elle m'accueillir ? À moins que ce ne soit elle qui soit absente ?

— Chalut, Pa' ! m'accueille Tristan la bouche pleine quand je passe la porte.

Je pose mon manteau et vais le saluer d'un baiser dans les cheveux.

— Pa' ! râle-t-il.

— Bah quoi ? Tu manges les mêmes céréales que quand tu avais huit ans, pardonne-moi d'oublier que tu as grandi, pouffé-je en le regardant marcher difficilement.   Tu as prévu quoi aujourd'hui ? m'informé-je avant de boire un verre d'eau d'une traite.

— Je vais voir la bande, on va faire quelques descentes, je crois.

— OK, bien. On se retrouve ce soir alors, dis-je en allant dans la salle de bain.

Étant rentré de ma balade en milieu de matinée, je reste tranquillement à l'appartement à griffonner quelques croquis du paysage. Je ne suis pas un super dessinateur, mais grâce à mon métier d'architecte, j'ai appris à me servir d'un crayon. Seulement, je me rends compte que mon esprit a pris possession de ma main et qu'au lieu de voir le panorama apparaître sur ma feuille, c'est une silhouette qui se dévoile. La femme qui hante mes pensées depuis des mois. Je ne m'arrête qu'au moment de partir la retrouver.

Dans la voiture, je ne cesse d'imaginer notre prochaine rencontre. Avec ce qu'il s'est passé hier, ça ne m'étonnerait pas qu'elle m'envoie balader.

J'ai à peine le temps de serrer le frein à main que ma portière s'ouvre sur Jonathan.

— C'est trop bien que tu sois là ! On va s'éclater, viens.

Je ris de le voir si excité. On dirait un enfant.

— Avec plaisir !

Nous nous arrêtons devant le chalet où je découvre toute la famille réunie. Certains sortent des sacs et les parents Moreau s'installent sur des chaises sur le perron avec leur petite-fille.

Ils me saluent tous rapidement trop occupés à se charrier. J'ai l'impression qu'ils ont parié leurs vies sur ce jeu, seulement moi, je ne comprends rien.

— Du coup, on peut m'expliquer en quoi cela consiste ? demandé-je en essayant de ne pas regarder Joana.

Son frère se lance dans les consignes simples puisqu'il suffit de faire un bonhomme de neige et de l'habiller à l'aide des affaires qui sont dans les sacs. Le gagnant est celui qui a terminé le plus rapidement et dont l'œuvre est la plus originale. Leurs parents seront les juges de cette épreuve.

— OK ! Et donc, à quelle équipe il manque un joueur ?

Je les regarde les uns après les autres et lorsque je vois Joana lever les yeux au ciel, Jonathan me dit ce que j'avais déjà compris.

— La seule célibataire, c'est Jo, alors…

Il laisse sa phrase en suspens m'indiquant sans le vouloir qu'elle n'a toujours pas parlé de Théo et que son frère est un vil entremetteur.

Emmitouflée dans son bonnet et son écharpe assortie, je la trouve adorable. Ses yeux noir profond me subjuguent tellement qu'il faut que Jonathan me donne un coup de coude pour que je reprenne pied dans la réalité. Le sourire qu'il m'adresse me fait pouffer avant que ma coéquipière me reprenne rapidement.

— Arrête de fraterniser avec l'ennemi. Mon frère est fourbe, sache-le, alors reste focus, m'interpelle-t-elle en fusillant du regard chaque concurrent.

Je hoche la tête et me place à ses côtés comprenant qu'elle tient vraiment à gagner cette partie. Et ça tombe bien, je déteste perdre. Nous formons une bonne équipe au vu de l'avancée de notre homme de neige. En jetant un œil du côté de nos adversaires, je me dis qu'on est large. Enfin, c'était avant que j'aille chercher les branches pour les bras. Parce que sans trop comprendre pourquoi ni comment, on se retrouve à faire une bataille de boule de neige l'un contre l'autre sous les yeux de sa famille. Elle me bombarde et se cache accroupie derrière notre bonhomme. Elle rit tellement qu'elle ne fait pas attention à mon approche. Alors je pousse doucement la tête qui lui tombe dessus, coupant net son fou rire. Plié de rire de voir la surprise dans ses prunelles, je l'aide à se relever et à enlever la poudreuse collée à ses affaires. Je crains un moment de me prendre une soufflante, mais son sourire et son regard qui pétille me font face. Par réflexe, je dégage une mèche de cheveux qui lui barre le visage. Tendrement, je la glisse sous son bonnet qui a légèrement dévié de sa place pendant la bataille. Mes yeux sont attirés par ses lèvres que je rêve de goûter. Je me rapproche encore, mû par un puissant désir. Nos souffles se mélangent, sa respiration se coupe quand je m'avance un peu plus.

— Vous faites quoi ?

Je sursaute et m'éloigne d'un bond. Joana répond je ne sais quoi à sa nièce, puis elles partent toutes les deux à l'intérieur. C'est une main sur l'épaule qui me les fait quitter des yeux.

— Allez, viens boire un verre de vin chaud, on l'a bien mérité, me propose Jonathan en souriant. Première année que nous n'avons pas de gagnant, faut fêter ça !

J'accepte volontiers et je reste toute la journée avec la famille de celle qui prend de plus en plus de place dans mon esprit et dans mon cœur. Et si jusqu'ici il ne s'agissait que d'une attirance physique qui me poussait à vouloir la connaître. Depuis que je passe du temps avec elle et son entourage, cette simple attraction se transforme en quelque chose de bien plus fort. Je m'ouvre à eux et surtout à elle qui, sans le montrer, m'écoute un sourire aux lèvres quand je raconte comment à dix-neuf ans, j'ai dû inscrire mon fils à l'école et qu'ils ont cru que j'étais son grand frère. Tout doucement, je distille des infos sur moi sans trop en dire. Je veux juste qu'elle comprenne que je ne suis pas le rustre qu'elle pense que je suis. Je me demande d'ailleurs encore pourquoi elle pense ça.

Je ne rentre pas trop tard pour passer la soirée avec Tristan qui ne cesse de me rabâcher les exploits de Maya. Je ne l'écoute que d'une oreille, mon esprit s'égarant vers le moment où mes lèvres ont failli se poser sur celles de ma cascadeuse.

En me couchant, je prie pour que Théo se bouge le cul et qu'il lui avoue tout. Je ne veux pas voir la culpabilité dans les yeux de Joana et je ne doute pas un instant que ce sera le cas si on s'embrasse alors qu'elle est toujours en couple. Seulement, ça devient de plus en plus dur de résister de mon côté. Et ce n'est pas la demande que vient de me faire mon meilleur ami par texto qui va m'arranger…

Chapitre 15

Joana

Nous allions gagner, puis il a tout gâché. Comment ose-t-il penser que je ne peux récupérer quelques branches ? Sous prétexte que c'est un homme, il m'a envoyé m'occuper des accessoires et lui du bois… Non, mais il s'incruste et en plus il veut dicter les règles ! Je ne crois pas, non ! Il ne connaît pas encore Joana Moreau, mais la boule de neige qu'il vient de recevoir devrait le faire réfléchir.

— Tu as fait quoi, là ? gronde-t-il en se tournant vers moi.

Je hausse les épaules. S'il espère me fait peur.

— Je suis parfaitement capable d'aller chercher des petites branches de rien du tout. Ce n'est pas réservé aux hommes ! dis-je agacée par sa misogynie.

Il semble étonné par ce que je lui explique, mais je ne lui laisse pas le temps de répliquer et me penche rapidement pour lui envoyer une deuxième boule de neige. Après ça, tout part en vrille. Il se venge et je me retrouve à courir autour des bonhommes de nos adversaires. La partie doit être finie, car ils sont tous hilares à nous regarder nous chamailler.

— Je t'aurai, Joana ! Tu peux te cacher derrière ces bonshommes autant que tu veux, me prévient-il.

Je lui envoie quelques missiles en pleine tête alors que lui me loupe de peu. Agacé, il s'approche jusqu'à ce que nous ne soyons plus séparés que par notre bonhomme sans bras.

Je me demande ce qu'il fait, car je pourrais lui envoyer de la neige facilement d'où il est, mais lui ne semble pas bouger. Je suis accroupie, je cherche un endroit où m'enfuir quand son regard se fait rieur et son sourire à fossette me subjugue.

— Ah ! La vache, c'est froid ! m'exclamé-je surprise.

J'entends tout le monde rire et moi je suis couverte de la tête de mon ami des neiges. Je n'ai rien vu venir et je suis morte de rire.

— Je crois que j'ai gagné, fanfaronne-t-il en me tendant une main que je n'hésite pas à prendre.

Je suis hilare et ça fait tellement de bien.

Nous avons peut-être perdu, mais on a passé un instant agréable et rempli de joie.

Et franchement, avec Ben, je n'aurais pas cru. En revanche, il faut absolument que j'arrête de faire une fixette sur lui et sa fossette, son sourire, sa façon de me regarder par moment qui me déstabilise. Et je ne parle même pas du baiser que nous avons failli échanger…

Jonathan l'invite à rester avec nous. Enroulée dans un plaid après avoir pris une douche chaude, je l'écoute parler un peu de sa vie.

Je ne me suis jamais vraiment intéressée à lui et apprendre qu'il ne me charmait pas comme je le pensais m'a refroidie. Alors je l'écoute répondre aux questions de mes frangins qui, sans le savoir, me le font découvrir d'une autre façon.

Le soir, je suis tellement vannée que je ne fais pas attention à ce qu'ils se racontent et vais directement me coucher. La journée de

demain sera intense et il est important que je garde mes forces pour la randonnée. Et puis, on ne va pas se mentir, j'ai hâte de retrouver mon petit ami. Notre éloignement perturbe mes sentiments et je n'aime pas ça. Sa chaleur, notre intimité me manque. J'ai besoin de me souvenir des sensations qu'il me procure. Sentir mon cœur battre plus fort ou bien les papillons voleter dans mon bas-ventre. N'importe quoi qui apaiserait mes pensées depuis que Ben s'est incrusté dans ma famille, dans mon esprit. Je prie juste pour que Théo soit moins bizarre que la dernière fois au bar-restaurant.

Je suis debout à l'aube et mon sac sur l'épaule, je rejoins les autres randonneurs. J'adore découvrir de nouveaux paysages, et entre neige et verdure, l'accompagnateur va nous montrer toute la beauté de sa région. J'espère que mon genou suivra la cadence.

Notre guide nous explique que nous serons un groupe de vingt personnes et que nous commencerons dès que tout le monde sera présent. Il reste dix minutes avant l'heure du départ et emmitouflée dans ma parka, mon écharpe et mon bonnet, je m'impatiente de retrouver mon homme. Je regarde un peu partout, essayant de le voir arriver, sans succès. Je retire mes gants et sors mon portable pour l'appeler quand une voix me coupe dans mon élan.

— Tu attends quelqu'un ?

Encore lui ? Cependant, je ne lui dis pas ces mots qui me feraient passer pour une personne vulgaire et méprisante devant les autres randonneurs.

— Oui, et ce n'est pas toi, il me semble.

Le sourire qu'il m'adresse m'exaspère. Je la sens mal cette journée. Il ne va pas arrêter de nous faire chier, et de rester dans nos pattes. Passer du temps dans ma famille ne lui donne pas le droit de s'incruster dans nos moments en amoureux. J'ai beau avoir apprécié apprendre à le connaître hier soir, je comptais sur ce moment avec Théo pour éclaircir mes idées et notre relation. Mais avec lui dans les parages, c'est impossible.

— Bon, eh bien, je crois que nous sommes tous là, on va donc pouvoir y aller. Juste un petit rappel pour les derniers arrivés. Dans certains endroits risqués, je vous donnerai une corde pour que nous restions tous bien groupés, je vous prierais de ne surtout pas la lâcher. Il faut que l'on reste ensemble. J'insiste vraiment là-dessus, soyez prudents.

Nous hochons tous la tête, mais je suis toujours à la recherche de Théo. Qu'est-ce qu'il fout bon sang ? Je m'approche du guide et lui demande si on peut attendre encore un peu, car il manque une personne, mais sa réponse me laisse sans voix.

— Vous devez vous tromper nous sommes vingt, votre ami a peut-être eu un empêchement et a donné sa place à quelqu'un d'intéressé, m'explique-t-il en prenant son sac me faisant comprendre qu'il fallait que l'on parte.

Dépitée, je sais exactement qui a remplacé mon copain. Et si hier, j'ai passé une superbe journée, je sais qu'aujourd'hui, je vais devoir me coltiner l'autre emmerdeur et ça me déprime d'avance. Théo a intérêt à avoir une excuse valable, car sinon je lui fais bouffer mes bâtons de marche !

Nous prenons la route et je reste au moins une bonne heure à fustiger mon petit ami de m'avoir abandonnée sans m'avertir. Au bout d'un moment, je commence à prendre plaisir à cette balade sportive. Nous empruntons un sentier abrupt, mais la vue que nous offrent certains arrêts est à couper le souffle. Nous n'en sommes pas à la moitié et la rage due à l'absence de Théo s'est dissipée, se transformant en émerveillement. Je sors mon portable pour prendre quelques photos de la ville vue d'en haut.

— Après tout, tant pis pour lui ! Il loupe un super panorama, marmonné-je éblouie par le spectacle de la nature enneigée.

— Tu as tout à fait raison.

Je sursaute et fais tomber mon téléphone. Heureusement, la main du connard à mes côtés le rattrape in extremis.

— Mais merde à la fin ! Quand est-ce que tu vas comprendre que surprendre les gens, c'est dangereux ! m'énervé-je.

Il me fixe étrangement, me tend mon portable que je récupère avec un sourire.

— C'est moi où tu es toujours en train de gueuler ? À chaque fois que je t'aide pour quelque chose, que je t'empêche de tomber, tu m'envoies balader. C'est un genre de remerciement déguisé ou t'es juste ingrate ? questionne-t-il en me fusillant du regard.

Il fait demi-tour et je reste choquée, sans savoir quoi répondre. C'est vrai qu'il a le don de faire sortir le pire de ma personnalité. Mais dès qu'il m'approche, soit il me surprend, soit il me touche et mes sens deviennent complètement dingues ! Je ne sais pas comment réagir en sa présence. Et comme on dit : la meilleure défense, c'est l'attaque. Alors, je suis méprisante à son contact, c'est plus fort que moi !

Pourtant, il n'y est pour rien, le pauvre. Ce n'est pas de sa faute si dès que je suis près de lui, il m'arrive un truc et qu'il me rattrape. Il m'a quand même évité pas mal de gamelles en y repensant. Sans compter que mon portable serait fichu s'il était tombé dans la neige.

Je le rejoins et lui prends le bras pour qu'il se retourne. Surpris, il hausse un sourcil. *J'ai le droit de le trouver sexy ?* Putain, moi qui étais censée oublier mon attirance pour lui en passant du temps avec Théo, je suis mal barrée avec ce genre de pensées. Mais ce n'est pas de ma faute, son bonnet a beau couvrir son chignon blond, ses yeux sont hypnotiques et sa barbe entretenue me fait tourner la tête. Il n'est pas du tout mon type d'homme en plus ! Qu'est-ce qu'il m'arrive ?

— Tu voulais ?

Perdue dans ma contemplation, j'en ai omis de parler. Quelle cruche !

— Te remercier ! Pour mon portable et toutes les autres fois où tu m'as sauvé la mise.

Il se met face à moi, le regard sérieux. Son sourire vient achever mes hormones qui n'arrêtent pas de me faire vriller le cerveau.

— De rien. C'était un plaisir, Joana, acquiesce-t-il en dévoilant sa fossette.

Je fronce les sourcils à la mention de mon prénom. Pourquoi s'acharne-t-il à m'appeler par mon nom entier alors qu'on me surnomme Jo ?

— Tu peux m'appeler Jo, tu sais ? Comme tout le monde.

Son sourire se fait encore plus grand quand il me répond.

— Je ne suis pas tout le monde, Joana !

Il me laisse seule pour reprendre le chemin que les autres viennent d'emprunter. *Merde, mais c'est qui ce type ?* Entendre mon prénom entier dans sa bouche me fait frissonner à chaque fois. Et j'ai eu beau me dire que c'était par dégoût, aujourd'hui, c'est loin d'être le cas. Ce sont des frissons de désir et non de répulsion. *Je suis dans la merde !*

Nous continuons notre marche jusqu'à un chalet où un repas chaud nous est servi. Je discute avec d'autres randonneurs et nous comparons nos impressions. Je prends un instant pour reposer mon genou. Je ne souffre pas encore, mais je sens une gêne au niveau de la rotule. Je ne me risque pas à mettre de la crème devant les autres, incapable de montrer les stigmates de mon accident. Je ne veux pas que l'on me pose des questions. Je refuse qu'on me voie comme une estropiée. De toute façon, la pitié ne m'aidera en rien à finir cette randonnée.

Benjamin et moi ne parlons pas vraiment et pourtant, nous nous sommes installés côte à côte à la table et nous ne restons jamais loin l'un de l'autre pendant la marche. Je crois que c'est instinctif, sans doute dû au fait que nous nous connaissons. En tout cas, ce n'est certainement pas dû au sentiment de bien-être engendré par sa présence ni au fait qu'il apaise des maux encore à vif. Je ne sais pourquoi, j'ai cette impression qu'il lit en moi comme dans un livre ouvert et que je ne peux rien lui cacher. Qu'il soit près de moi lorsque je suis avec Théo me faisait peur, mais aujourd'hui seule avec lui, je me sens bien. Je suis moi-même. C'est complètement grotesque !

Il est quinze heures quand nous commençons à descendre vers la ville. Cela va encore nous prendre deux bonnes heures, et comme la nuit tombe vite à cette période de l'année il faut que l'on s'active.

Le guide nous autorise une dernière pause au niveau d'un point de vue remarquable. Je reste silencieuse d'admiration. Un son au loin m'interpelle et je tourne instinctivement la tête. Je ne suis pas sûre de ce que je vois, mais sans en comprendre les raisons mes jambes me portent vers l'endroit d'où, je suppose, viennent les rires. Je ne me rends pas compte tout de suite que je me suis éloignée du groupe et que je me retrouve à plusieurs mètres d'eux. Je n'aperçois même plus le rocher nous servant de repère. Je me fustige mentalement et décide de descendre tranquillement, je finirai bien par prendre un chemin qui me mènera au village.

Après une bonne demi-heure de marche, j'entends mon prénom au loin et me fige.

— Joana ! Putain, mais elle est passée où, bordel ! Joana !

Je reconnais la voix de mon ami de randonnée et comme il se rapproche je reste où je me trouve. Je le vois arriver rapidement vers moi, et sur son visage se reflète le soulagement.

— Bordel, mais pourquoi tu as quitté le groupe ? T'es malade ! Tu m'as fait une peur bleue ! m'agresse-t-il fou de rage.

— Pardon, je croyais avoir entendu quelqu'un que je connais et je ne pensais pas m'être autant éloignée, m'excusé-je en haussant les épaules, penaude.

Je sens que je vais en prendre pour mon grade. Je triture mes gants en attendant ses remontrances comme une gosse, mais ses bras m'enlacent subitement et me surprennent. Un instant crispé, mon corps se relâche progressivement. Je niche mon nez dans son écharpe et l'odeur de son parfum boisé me fait tourner la tête. Il dépose un baiser sur mon bonnet avant de s'écarter.

— Qui est si important pour que tu risques ta vie pour le retrouver ? questionne-t-il d'une voix radoucie.

Pendant un moment, je me demande de quoi il me parle, puis ça me revient.

— Théo. Je croyais avoir entendu son rire.

Il fronce les sourcils et j'ai l'impression que cette réponse ravive sa colère.

— Putain, mais pourquoi te mets-tu en danger pour lui, bordel ! Il n'est même pas venu avec toi aujourd'hui ! Il a préféré m'envoyer moi, plutôt que de profiter d'un moment avec sa copine, et toi, tu accours dès que tu crois l'avoir entendu ?! Va falloir ouvrir les yeux ! Tu ne t'es pas dit qu'il t'évitait ?

— N'importe quoi ! C'est moi qui l'ai évité pour qu'il ne rencontre pas ma famille ! Je sais que tu ne me trouves pas assez bien pour lui, mais t'es pas obligé de le faire passer pour un connard. Théo est quelqu'un de bien ! Je fais de mon mieux pour être à la hauteur, mais ce n'est jamais assez pour toi ! m'agacé-je m'éloignant de quelques pas.

Il reste silencieux et je décide de reprendre la route. La nuit tombe et avec ça les températures diminuent.

— Pourquoi tu crois ne pas être assez bien pour lui ? questionne-t-il.

— Oh ! Stop, c'est toi qui n'arrêtes pas de le dire ! crié-je en lui tournant le dos.

— Non, je n'ai jamais dit ça. Joana, attends ! m'interpelle-t-il en me suivant.

Il me prend par le bras et me tourne face à lui. Ses yeux me hurlent son incompréhension.

— Joana, je n'ai jamais pensé que toi, tu n'étais pas assez bien pour Théo. C'est plutôt le contraire. Je ne comprends pas ce que tu lui trouves. Et ça m'énerve que tu te mettes en danger pour lui alors qu'il ne te mérite pas.

Je suis abasourdie par ses mots. Moi qui supposais qu'il me détestait. Persuadée qu'il ne me trouvait pas assez bien pour son ami, comment aurais-je pu imaginer que c'était l'inverse ? Comment croire qu'il me trouvait trop bien pour son meilleur ami ?

Les yeux plongés dans les siens et il s'approche lentement de mon visage. Je ne bouge pas, j'en suis incapable. Pas après ce que je viens d'apprendre. Son nez frôle le mien, son souffle effleure mes lèvres. J'abaisse mes paupières au moment où sa bouche touche la mienne, douce et chaude. Nos langues s'emmêlent et ses mains gantées me rapprochent de lui. Prise dans un tourbillon d'émotions indescriptibles, je comprends à cet instant que je n'ai jamais autant désiré quelqu'un. Moi qui pensais savoir ce que voulait dire aimer, ce moment avec Ben va tout remettre en question. Quand nous nous séparons, je n'ose plus le regarder. Pas parce que je regrette. *Oh ! Là non !* Mais je suis avec Théo, je ne peux pas l'oublier d'un coup de baguette magique.

— Je crois que nous devrions reprendre la route.

Pour toute réponse, il avance devant moi. Je le suis pendant quelques minutes sans parler. Beaucoup trop de choses tournent dans ma tête. Ce que m'a dit Benjamin est pour moi complètement surréaliste, sans parler de notre rapprochement. Et puis, je m'en veux. Putain, je m'en veux d'avoir embrassé le meilleur ami de mon mec. Mais surtout de ressentir plus d'émotions avec lui qu'avec tous mes ex-réunis.

Ma marche s'arrête quand je rentre dans l'homme qui monopolise mes pensées.

— Tu ne fais jamais attention, ou quoi ?

Waouh ! Il est en colère ou je rêve ?

— Désolée j'avais la tête ailleurs, m'excusé-je.

— Oui, bah au lieu de penser à tes regrets, pense plutôt à trouver le chemin pour arriver en vie !

Euh OK. Il est énervé…

— Je ne sais pas de quoi tu parles, mais tu as raison, mieux vaut que l'on regagne rapidement nos logements, dis-je en passant devant lui.

Je repère l'arbre un peu biscornu qu'on a rencontré ce matin. Je m'en approche et continue tout droit. Je l'entends me suivre et ça me suffit, il n'a pas l'air de bonne humeur et j'ai trop de choses en tête pour m'en préoccuper. Chacun ses problèmes.

— Attention ! crie-t-il d'un coup.

Trop tard, je glisse et me fais emporter par la neige quelques mètres plus bas. *Putain de karma !* Quand est-ce que la poisse va me lâcher, bordel ?

— Ça va ? Joana, tu n'as rien ?

Le cul par terre, les jambes ensevelies sous la poudreuse, je le regarde, agacée.

— Ça va ! Mais aide-moi à sortir de là, s'il te plaît.

Je lui laisse le droit de rire, et me joins à lui parce que franchement, quand je me revois glisser sur les fesses, je ne peux pas m'en empêcher. Puis, avec un rictus amusé, il tire sur mon bras pour me relever. Enfin libérée, je vérifie le maintien de mes jambes, et grimace lorsque je comprends que ma rotule a pris cher. Je boitille et marcher dans la neige même avec de bonnes chaussures, ça va être compliqué de rentrer. Surtout avec la chance que j'ai…

— Il a quoi ton genou ? demande-t-il d'une voix douce.

Comme je n'aime pas vraiment en parler, je hausse les épaules.

— Joana, je t'ai vue toute la journée le masser, et contrôler tes appuis et maintenant tu boites. Ne me dis pas que ce n'est rien, tu es prof de sport, tu ne devrais pas avoir de problème, si ?

— Cela ne pose aucun souci pour ma profession. Ne t'en fais pas pour ça.

Je l'entends souffler plus que je ne le vois, car je m'acharne à maintenir une bonne cadence pour rentrer au plus vite.

— Bien, comme tu refuses de me parler de ta jambe, dis-moi que tu regrettes, s'agace-t-il.

— Que je regrette quoi ? demandé-je en marchant prudemment.

— Notre baiser.

Ma respiration se coupe un instant. Je ne pensais plus du tout à ça, enfin, si un peu, mais je pensais que lui n'y pensait plus alors bon… Bref, il me prend de court et je ne sais pas quoi répondre. Je décide d'être honnête parce que je ne vais pas mentir sur ce sujet. Même si je passe pour la salope qui a embrassé un autre homme que le sien, je dois assumer mes actes.

— Je ne regrette pas, pourquoi tu penses ça ? Toi, tu regrettes ? murmuré-je sans savoir ce que j'attends comme justification.

— Non.

Ça ne devrait pas, mais sa réponse bien que laconique me soulage.

— Super. Maintenant que cette histoire est réglée, peut-on se concentrer sur notre chemin ?

— Oui, par ici ! Je crois que nous ne sommes pas loin de l'appartement que j'ai loué.

Nous apercevons rapidement des bâtiments éclairés. Il me propose de monter et je l'en remercie, tout en envoyant un texto à mes parents pour que quelqu'un vienne me chercher. Je monte à grand-peine les marches et une fois installée sur le canapé, je tends ma jambe sur la table basse. Je l'entends farfouiller et demander à Tristan si sa journée s'est bien passée. Je n'écoute pas la réponse de l'ado, ce n'est pas ma priorité à cet instant, mon genou me lance affreusement. Je suis sûre que Jonathan va m'engueuler en rentrant.

— Tiens j'ai de la glace et une crème anti-inflammatoire.

Je lui prends la poche qui est enroulée dans une serviette et la place sur mon pantalon.

— Tu sais que ce serait mieux directement sur la peau ? En plus, tu as une fermeture qui monte juste assez haut, je peux t'aider si tu veux, propose-t-il en s'approchant.

— NON ! m'affolé-je ne lui laissant pas le temps de faire un geste de plus.

Son regard parle pour lui. Il a compris que je cachais une chose que je ne souhaite pas lui montrer. Un truc qui me complexe. D'autres l'ont vue avant lui, mais j'ai toujours préparé le terrain pour expliquer d'où venait cette cicatrice et c'était parce que la relation était sérieuse. Je ne peux pas montrer cette trace de mon passé à n'importe qui.

Focalisée sur ma douleur et mes pensées, je n'ai pas remarqué que Benjamin était sorti de la pièce. Je suis surprise de le voir revenir accompagné de mon frère.

— Jonathan ? Qu'est-ce que tu fais ici ?

Je regarde les deux hommes étonnés de le voir lui, au lieu de mes parents.

— Maman m'a dit que tu avais besoin d'un chauffeur. J'ai bien fait de venir, tu as forcé ? me reproche-t-il.

Je lève les yeux en l'air, il va me faire la morale, je le sens. Comme si j'avais envie de ça en ce moment.

— C'est bon ! J'ai glissé sur la neige, ça arrive ! Après une nuit de repos, ça ira beaucoup mieux.

Je me redresse maintenant que j'ai un chauffeur, je vais pouvoir rentrer au chalet.

— Non, reste assise ! Je vais te faire un massage ici et après on partira.

— Quoi ?! Mais non ! Je te dis que ça va ! m'énervé-je en essayant de me relever.

Il ne va pas me faire ça ? Il ne va pas me forcer à montrer mes cicatrices ? Il ne peut pas me demander ça, c'est au-dessus de mes forces. Pas aujourd'hui. Ben comprend ce qui me gêne et m'assure qu'il va aller voir son fils et qu'il ne sortira qu'une fois qu'il y sera autorisé. Il en profite pour prévenir le guide que nous somme sain et sauf. Je ne suis que légèrement tranquillisée, mais mon frère ne me laissera pas partir sans avoir pu me soulager un minimum alors j'abdique.

— Il va falloir que tu assumes ta blessure un jour. Elle n'est pas si moche que ça en plus.

Il libère mon genou et pose ses paumes de chaque côté de ma rotule. Il fait quelques mouvements qui me sont douloureux, mais rien de bien méchant. J'ai vécu pire.

— J'ai quand même le droit d'aller pisser, papa ! Ce n'est pas comme si j'allais trouver une femme à poil dans le salon, non plus !

Je panique, je veux cacher ma jambe, mais Jonathan me la maintient et je n'ai le temps de rien que Tristan déboule dans la pièce.

— Oh la vache !

Son exclamation est suivie des excuses de son père qui m'avait promis que personne ne viendrait nous déranger. Je ne peux pourtant pas lui en vouloir, car ses yeux reflètent une émotion que je n'avais encore jamais vue chez ceux qui découvrent l'étendue des dégâts. Au-delà de la stupeur et de la surprise, c'est une sorte de… d'admiration que je crois déceler dans ses prunelles. Je dois sûrement me tromper, qui regarderait mon genou bousillé avec fascination ? Il est moche et dégueulasse, je le déteste.

Tristan, bouche bée devant nous, ne parvient pas à décoller ses yeux de moi. Malgré les efforts de son père.

— C'est bon, Ben, maintenant que vous avez vu, je ne vois pas l'intérêt de sortir, soufflé-je.

Il acquiesce et son fils a pris ça pour une autorisation à poser des questions.

— Putain, mais il vous est arrivé quoi, m'dame Moreau ?

— Ton langage !

Il hausse les épaules à la remontrance de son père. Il en a certainement l'habitude, c'est un ado en même temps. Je grimace quand Jonathan fait une petite manipulation avant de me lâcher la jambe et m'incite à remettre mon pantalon correctement. Je me dépêche de refermer le zip sur le côté et d'expliquer.

— J'ai eu un accident de voiture. Mon genou a été légèrement touché, mais les médecins ont découvert que je souffrais d'une malformation. Cela ne m'a jamais dérangée, seulement avec le choc ma rotule s'est déplacée et le petit os que j'ai en trop est venu se placer différemment. Et ils ont été obligés de m'opérer. Tout va bien maintenant, je dois simplement faire attention et les disciplines de haut niveau me sont interdites, car l'os qu'ils ont raboté peut repousser à tout moment. Et depuis, la moindre chute ou mauvais mouvement de la rotule me fait mal, expliqué-je rapidement.

Tristan a pris une chaise et s'est installé les yeux écarquillés. Son père est fixé sur moi depuis sa découverte et ne semble pas trouver ses mots puisqu'il ouvre et referme la bouche sans qu'un son n'en sorte. Ma cicatrice est impressionnante. Elle passe sur tout le côté de mon genou et même si elle a bien guéri elle est restée visible et légèrement rougeâtre après les mouvements que mon frère vient de faire. J'ai aussi quelques égratignures qui ont très mal cicatrisé et sont un peu boursouflées. Elles, heureusement, ne me font pas mal, elles sont juste moches et complètent la panoplie de mes complexes.

— Bon, je vais vous laisser. Merci, Benjamin, de ne pas m'avoir abandonnée tout à l'heure, le salué-je en me levant.

Sans savoir comment prendre congé, je leur fais un signe de la tête. Jonathan serre la main à chacun d'eux avant de m'aider à descendre les escaliers. Enfin, il essaie parce que, bon sang, il ne m'aide pas du tout en me tenant le bras ainsi.

— Lâche-moi! Tu vas me faire tomber, idiot!

— C'est toi qui n'es pas douée! m'accuse-t-il.

— Aaah! crié-je quand on me soulève du sol.

Je me retrouve accrochée au cou de mon sauveur du jour.

— Mais qu'est-ce que tu fous? Je ne suis pas une princesse, repose-moi! m'offusqué-je.

— Ça, je le sais! Une princesse ne jurerait pas comme tu le fais! Arrête de gigoter, tu vas nous faire tomber!

Je cesse aussitôt de me débattre et le laisse m'aider. J'en profite sans gêne pour poser mon nez contre son cou et humer l'odeur de sa peau. Comment peut-il sentir si bon alors que nous venons de passer une journée entière à marcher et grimper dans la montagne? Je n'en sais foutrement rien, mais j'adore! Voilà, je crois que je suis atteinte de folie c'est pas possible autrement. Comment me suis-je retrouvée à prendre plaisir à être dans ses bras? Merde, c'est le changement d'air qui m'a retourné le cerveau ou quoi? Je me redresse juste au moment où il me dépose devant le véhicule.

— Tu ne risques plus de chuter en entrant dans cette voiture.

Je ressens un pincement au cœur quand il s'éloigne de moi. Pourquoi cet homme m'apaise-t-il autant qu'il m'agace? Je ne parviens pas à décrypter les émotions qui m'assaillent en sa présence. Et depuis que nous sommes ici, à passer du temps tous les deux, mes sentiments s'accroissent sans que je puisse les freiner. Je reste perdue dans mes pensées tout le long du chemin. Mon frère ne fait aucun commentaire, il se contient. Une fois arrivés devant le chalet, au lieu de sortir immédiatement, il pose sa main sur la mienne.

— Est-ce que tu crois que l'on pourrait manger un morceau ensemble demain midi ? J'aimerais te parler de quelque chose.

Je fronce les sourcils. Pourquoi ne me raconte-t-il pas ce qu'il a à me dire maintenant ? Sa voix et sa posture me font peur, il semble si sérieux tout à coup.

— Tu es malade ? m'inquiété-je en sentant mon cœur palpiter rien qu'à cette idée.

Je ne peux pas voir mon jumeau être souffrant, je ne supporterais pas que ce soit ça.

— Oh non ! Calme-toi, je vais bien. Allez, on parlera demain, allons rejoindre les autres, me rassure-t-il en ouvrant la portière. Au fait, c'est dommage que tu aies loupé le copain de Julia.

Hein ? Je passe d'apaisée à surprise. Qu'est-ce que c'est que cette histoire encore ?

— Attends, mais c'est qui ce mec ?

— Ah, ça, motus et bouche cousue ! Tu n'aurais pas dû nous lâcher aujourd'hui. Même si je comprends que Ben soit un bon argument…

— N'importe quoi ! C'est simplement…

— Le père de ton élève, je sais ! Mais ne nie pas qu'il te plaît, Vince m'a dit que tu avais quelqu'un, alors je ne vais pas insister. Seulement, la tension qui règne entre vous deux ne passe pas inaperçue. J'espère que ton gars te fait au moins le même effet, sinon c'est du gâchis ! s'insurge-t-il en me faisant un clin d'œil.

— Jonathan, arrête ! Dis-moi plutôt comment est le mec de Julia ?

— Non ! Tu le verras à Noël de toute façon.

Parce qu'en plus, il sera là au réveillon ? Mais que s'est-il donc passé aujourd'hui ? Suis-je entrée dans une autre dimension, où je deviens folle d'un homme qui ne me convient pas et dans laquelle ma petite sœur ramène son *crush* alors qu'elle le cachait deux jours plus tôt ? Je n'ai pas le temps de poser plus de questions, car mon frère rentre. Je le suis avec précaution, il s'est garé au plus près de la porte, mais il y a une plaque de verglas juste de mon côté. Je ne suis pas miss catastrophe pour rien. J'ai beau évaluer la distance et voir les obstacles autour, je mets irrémédiablement le pied là où il ne faut pas.

— Putain ! Mais ce n'est pas vrai !

Je suis le cul par terre pour changer. Pourquoi le sort s'acharne sur moi ? J'en ai marre d'être maladroite et poisseuse !

— Oh merde, ça va, Jo ? On a entendu du bruit.

En fixant les trois hommes qui sont venus admirer mon désarroi, je sens une larme couler sans que je ne puisse y faire quelque chose. Les voir là, devant moi à s'inquiéter après tout ce qu'on a vécu ensemble, brise quelque chose en moi. Cette journée pleine d'émotions contradictoires m'a achevée. J'en ai marre d'être forte, de faire semblant que tout va bien alors que je passe mon temps à me cacher. J'ai déménagé pour les éviter, parce que je n'en pouvais plus de faire comme si tout allait bien. Comme si j'étais heureuse de voir leur bonheur, et non envieuse. Je ne devrais pas l'être, mes frangins ont trouvé leurs âmes sœurs, cela devrait me réjouir. Mais jusqu'à ce séjour, je leur en voulais et même si je sais qu'ils le comprennent, ce soir, je m'en veux de leur avoir fait subir mes états d'âme.

— Allez, viens, on va t'aider, miss catastrophe !

Ils me tendent leurs mains et je prends celle de Vince pendant que Sofiane pose la sienne sur mon poignet et Anton me tient au niveau de l'avant-bras. Ils tirent et me réceptionnent tous les trois dans leurs bras. Je me retrouve emprisonnée entre mes beaux-frères et nous restons un moment tous les quatre enlacés. Les souvenirs qui me reviennent me font sourire et m'apportent une réponse que je ne pensais jamais avoir. Ces trois hommes ont tous été mes amis. Nos relations étaient importantes, oui, mais leurs bonheurs ne devraient pas me rendre jalouse. Au contraire, cela devrait me donner la force de trouver le mien. J'ai voulu cacher Théo, mais j'aurais dû leur en parler. Ce soir, dans leurs bras protecteurs, je constate que je me suis trompée sur toute la ligne. Certes, la découverte que j'ai faite il y a quatre ans m'a quelque peu éloignée de ma famille, mais au fond, ce n'est pas la découverte en elle-même qui m'a fait fuir, mais plutôt la surprise de l'annonce. Qui suis-je pour me mettre en travers de leur bonheur à tous ? C'est décidé, je vais dire à Théo de venir au réveillon et puis comme Julia est accompagnée, autant l'être aussi. Un grand sourire étire mes lèvres, ce Noël sera différent. Cette année, pas de mauvaise surprise, rien que de l'amour, enfin presque… Parce que je ne sais plus vraiment quoi penser. Ben ne quitte pas mes pensées. Et si être avec Théo le soir de Noël n'est pas la meilleure solution, elle est la plus sensée, non ?

Chapitre 16

Joana

Cette nuit-là, je m'endors sereine, prête à présenter mon petit ami à ma famille et surtout, arrêter de me cacher. Cacher que je ne souffre plus de l'accident qui a en partie causé ma chute. La perte de confiance en moi. Depuis ce fameux soir où mon rêve s'est écroulé, je n'ai plus été la même. J'envie mes frangins pour leur réussite alors que je devrais être heureuse pour eux. Ils m'ont soutenue dans l'épreuve qu'a été ma reconstruction et moi, je n'ai pas été capable d'accepter leur bonheur. Quand nous sommes arrivés dans ce chalet, j'ai cru être obligée de faire semblant. Que leur compagnie me ferait plus de mal que de bien, mais j'avais tort ! Je les aime et passer du temps avec eux me permet d'envisager ma vie sous un autre angle. Devenir professeur de sport était tout ce dont j'étais capable après l'arrêt de ma carrière, seulement ce n'est qu'un échec, il suffit que je me relève pour trouver une nouvelle trajectoire.

Le point positif est que rien n'est figé. Tant que la mort ne m'a pas attrapée, je trouverai le moyen de donner un sens à mon existence. Cette chose qui me donnera l'envie d'être heureuse.

Je ne sais pas tout à fait ce que je vais faire, mais je sais par où commencer.

Après une matinée de repos et de nombreux appels passés à Théo restés sans réponse, mon frère vient me chercher pour que nous mangions tous les deux. J'appréhende, néanmoins, je suis pressée de lui parler de ma nouvelle résolution. Nous ne sommes pas encore au Nouvel An, mais il n'est jamais trop tôt pour vivre, n'est-ce pas ?

Nous trouvons une table dans un restaurant et commandons une tartiflette. On aura bien le temps après le déjeuner pour se plaindre du poids qui pèsera sur nos estomacs.

— Allez, dis-moi ce que tu voulais dire, le pressé-je nerveuse.

— Tu ne préfères pas attendre nos plats ?

Il est anxieux, ce qui ne me rassure pas. Je triture la serviette en papier dans mon assiette, quand mon frère le remarque, il met fin à ma torture mentale.

— Vince et moi, on va se marier.

Mes doigts ne bougent plus, je repose délicatement l'essuie-main, soulagée qu'il ne m'annonce pas une terrible nouvelle. Un sourire vient éclairer mon visage. La tête baissée, Jonathan s'attend à essuyer une tempête de ma part.

— Félicitations ! m'exclamé-je en me levant pour le prendre dans mes bras.

Il me regarde surpris et après un instant d'hésitation, il me soulève dans un gros câlin, son rire résonnant à mes oreilles. Les gens nous fixent, mais peu importe, je suis heureuse, le reste me passe au-dessus et si je croyais que notre repas serait plus serein maintenant, mon jumeau me prouve le contraire. Il semble encore ailleurs. Les surprises ne sont apparemment pas terminées. Une nouvelle pression vient se loger dans mon estomac.

— Jonathan, qu'est-ce qu'il t'arrive ? Tu n'es pas heureux de te marier ?

Il secoue la tête et marmonne un truc que je n'arrive pas à comprendre.

— Parle plus fort, je n'ai pas entendu, lui intimé-je en fronçant les sourcils.

Il relève le visage, ses yeux au fond des miens. Je crois percevoir une peur, une douleur dans ses prunelles azur qui commence à m'affoler. Pourquoi hésite-t-il, bon sang?

— Parle-moi, tu me fais flipper.

Il prend ma main qui était repartie dans sa destruction de serviette.

— Mais non, Jo, c'est juste que j'appréhende ta réaction.

— Hé! Je suis sincèrement heureuse pour Vince et toi. J'ai compris certaines choses depuis peu et je suis désolée d'avoir réagi comme je l'ai fait. Ce n'est pas vraiment ce que vous m'aviez caché qui m'a blessée, mais le fait que je l'apprenne après tout le monde. Vous m'avez mis devant le fait accompli, comme l'a fait Judith et je n'ai pas su comment réagir. La fuite a été ma seule échappatoire.

Il digère mes paroles et je retrouve mon frère souriant.

— Je m'en doutais. On s'en veut de la façon dont tu as appris tout ça, tu sais? Je crois que nous étions trop concentrés sur notre bonheur pour nous mettre à ta place. Et on a eu peur aussi. Tu es importante pour nous et sans toi, nous ne serions pas si heureux. C'est grâce à toi que nous avons trouvé l'amour.

— Je ne vous en veux plus depuis longtemps, mais je ne savais pas comment revenir vers vous. Depuis l'accident, tout est plus compliqué dans ma tête. Et puis, on était toujours ensemble. J'ai eu l'impression d'être le dindon de la farce. Désormais, je vais arrêter d'avoir peur que vous me cachiez des choses et vivre. J'ai pris certaines décisions et je vais les mettre en application. Mais avant ça, parle-moi de ce qui te tracasse? insisté-je sachant que tant qu'il ne m'aura rien dit, il restera dans ses pensées.

Il me sourit plus confiant et prend une grande inspiration avant de se lancer.

— On va adopter. C'est pour ça que nous allons nous marier. Avoir un cadre stable, c'est mieux pour avoir un agrément. Et la procédure étant en place depuis un moment déjà, on aimerait que ça avance.

Je suis soufflée par cette nouvelle. Je n'aurais pas cru qu'ils en étaient là. Adopter est une étape importante dans un couple. D'autant plus pour des hommes. Entre les préjugés et tous les obstacles que cette procédure comporte, il va leur falloir s'armer de patience, mais je ne doute pas qu'ils y arriveront. Ils feront tous les deux d'excellents pères.

— Waouh! C'est une super nouvelle. C'est maman qui doit être contente. Elle qui adore ses petits-enfants, dis-je excitée par cette nouvelle.

— Personne n'est au courant, m'informe-t-il en me fixant.

— Quoi? Mais pourquoi?

— On voulait que tu sois la première au courant. On ne veut pas reproduire le même Noël que la dernière fois. On va l'annoncer lors du repas de Noël, m'explique-t-il en me laissant bouche bée.

Touchée par leur bienveillance à mon égard, je lui offre mon plus beau sourire au moment où le serveur nous apporte nos plats desquels émanent de délicieuses odeurs.

Nous mangeons en silence, puis viennent les questions. Il veut connaître le nom de mon mystérieux copain et je lui avoue qu'il sera là au réveillon. Je n'ai pas encore réussi à en parler à Théo, mais je suis sûre qu'il sera heureux de mon invitation.

J'évoque ma résolution quant à ma carrière et il me soutient à cent pour cent. Nous discutons de sa future union, de son boulot. Il m'engueule quand il apprend que je n'ai pas vu de kiné depuis qu'il ne s'occupe plus de moi. Sur ce point, j'ai déconné, mais maintenant que nous nous sommes rabibochés, je compte bien reprendre mes bonnes habitudes. Bon, par contre il va falloir que je fasse de la route pour le voir. Déménager loin d'eux m'a semblé être une bonne idée sur le coup, mais à présent, je me dis que ça va être galère.

Le repas terminé, nous rejoignons toute la famille, ou presque, devant un bon feu de bois au chalet. Julia manque encore à l'appel et j'ai hâte de rencontrer son mystérieux compagnon. Personne n'a voulu me dire comment il était, à part qu'il était un peu comme elle. J'ai levé les yeux au plafond ! *Franchement, c'est quoi cette description pourrie ?*

J'essaie de joindre Théo à plusieurs reprises sans succès. Je lui envoie un texto lui demandant de me rappeler. J'espère qu'il le fera ce soir, le réveillon est demain quand même. En attendant, j'ai prévenu ma mère que je serai accompagnée. Elle était étonnée au début, mais s'est très rapidement réjouie d'avoir tous ses enfants autour de la table.

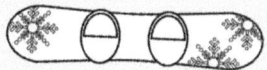

Jour de réveillon et je n'ai toujours pas de nouvelles de Théo. Je l'appelle une dernière fois avant d'aller le chercher directement à son logement. Les sonneries s'égrènent dans le vide et lorsque je pense que je vais encore tomber sur sa messagerie, il décroche.

— Oui, Jo ?

— Ah ! Enfin ! Tu n'as pas vu mes appels et mes textos ? m'énervé-je.

Je l'entends parler à quelqu'un d'autre au loin. Il ne peut pas me trouver un peu de temps dans son planning de ministre, c'est trop demander ?

— Désolé, j'ai été pas mal occupé. Faudrait que l'on discute.

Surprise, je reste muette un instant.

— D'accord. On pourra discuter ce soir si tu veux, proposé-je.

— Hein ? Euh… mais c'est le réveillon.

— Bien vu, Sherlock ! J'ai prévenu mes parents et tu peux venir. Tu vas pouvoir rencontrer mon clan.

Un blanc me fait écho. Je regarde l'écran, mais les minutes continuent de tourner. Il n'a donc pas raccroché.

— Théo ?

— Oui, oui, je suis toujours là. Hum… c'est que j'avais prévu autre chose moi du coup.

— Ah bon ? Mais tu voulais rencontrer ma famille ! Tu seras avec qui ? m'étonné-je

— Ben et Tristan. Je ne vais pas annuler maintenant, ça ne se fait pas. En plus, j'aimerais bien que l'on parle avant la rencontre officielle.

— Ah ? D'accord. C'est dommage. Je pensais que tu y tenais, mais je suppose que tu peux venir le lendemain, non ?

— Non ! Enfin, je repars dans la journée et comme je te l'ai dit, j'aimerais te parler.

Sa précipitation à me répondre me surprend. Qu'est-ce qu'il lui prend en ce moment ? Il est vraiment bizarre… Et puis pourquoi, d'un coup, il souhaite discuter ? Il peut bien me le dire par téléphone.

— OK, je suppose que tu pourras les rencontrer quand on sera rentrés. Mais au fait, pourquoi tu n'es pas venu pour la randonnée ? Franchement, me mettre ton copain dans les pattes, ce n'était pas cool !

J'omets de lui dire que j'ai passé un agréable moment, je ne voudrais pas créer de problème entre les deux amis même si je sais qu'il faudra que je lui en parle. Ressentir autant de sentiments différents pour son meilleur pote n'est pas sain. Et complètement con en plus. C'est lui que j'aime et ce n'est pas quelques activités avec Ben qui vont changer ça !

— J'ai eu un empêchement. Une partie que je ne pouvais pas refuser.

— Tu plaisantes ? Tu m'as lâchée pour un simple jeu vidéo ? fulminé-je.

Merde à la fin, moi qui pensais que se voir en dehors de notre quotidien nous permettrait de nous rapprocher, je me demande comment faire si je suis la seule à fournir des efforts.

— C'était une partie importante ! Ça ne te pose pas de problème habituellement, et puis je te signale que c'est toi qui ne voulais pas que je rencontre ta famille, alors ne viens pas me faire des reproches !

Je suis soufflée par la manière dont il me parle. Il ne s'est jamais permis de me répondre ainsi jusqu'à maintenant. Qu'est-ce qu'il se passe ? Que nous arrive-t-il ? Généralement, je ne dis rien lorsqu'il me plante pour aller jouer à ses jeux vidéo, mais comme il était en vacances, je pensais qu'il ferait une pause. J'en suis à me demander ce que nous faisons ensemble quand il me fait comprendre qu'il est occupé et qu'il raccroche.

Je reste le téléphone collé à l'oreille pendant un bon moment comme figée. À l'instant où je prends la décision de le présenter à ma tribu, lui n'est plus d'accord ? Il m'a dit qu'il voulait discuter, mais de quoi ? Est-ce qu'il m'en veut ? J'aurais dû lui expliquer pourquoi je ne souhaitais pas qu'il rencontre ma famille, il aurait sûrement compris. Voilà, je vais faire ça ! Je vais aller le voir ce soir, quitte à inviter Ben et son fils, je ne suis plus à ça près. Je ne veux pas que l'on reste comme ça. Il est temps que je lui explique mes problèmes familiaux. C'est Noël !

Je passe le reste de la journée à aider les hommes, ils coupent le bois que l'on transporte jusqu'au panier près de la cheminée. Ma mère est avec mes sœurs à cuisiner et comme je suis nulle dans ce domaine, je préfère laisser mon tour.

D'aussi loin que je me souvienne, j'ai toujours été davantage avec les garçons qu'avec les filles. En même temps, je suis la plus sportive de la famille, la plus casse-cou aussi. Je n'ai jamais eu d'amie. Seulement des coéquipières. Je m'en suis rendu compte après mon accident. Quand elles ont appris que je ne pouvais plus jouer, que ma carrière était terminée. Elles n'ont jamais pris de mes nouvelles. Je me suis retrouvée seule.

À partir de là, je me suis accrochée aux garçons. Anton pour commencer. Il était mon avocat pendant le procès. Ensuite, ça a été Sofiane. Je l'ai rencontré dans la pharmacie de mon quartier à force d'aller chercher mes pansements et médicaments, nous avons sympathisé. Le dernier, c'était Vince. Il a remplacé mon médecin traitant au moment où il est parti à la retraite. Ils ont tous été présents pour moi après le drame qui m'a coûté ma carrière. Eux ne m'ont pas abandonnée. Ils ont fait pire. Ils m'ont menti, m'ont caché des choses que je méritais de savoir. Je suis sortie avec chacun d'eux. Nos relations étaient plus ou moins sérieuses, plus ou moins poussées. Mais nous nous sommes vite rendu compte que nous étions plus des amis que des amants. Lorsque j'ai découvert leur trahison, je me suis sentie seule. Alors j'ai demandé ma mutation au lycée et j'ai fait ce que je pensais inévitable sur le moment, je les ai fuis.

Nous allons bientôt commencer officiellement le réveillon de Noël, et tout le monde est parti s'apprêter pour l'occasion. Ma robe à paillettes noires avec ses collants assortis me donne le sourire. Je ne m'habille que très rarement de cette manière, aussi féminine, toutefois pour les moments spéciaux ou comme pour la soirée karaoké, c'est Julia qui me supplie de le faire. Je préfère une tenue confortable, mais là, c'est une soirée exceptionnelle. Ce n'est pas Noël tous les jours !

Je descends rapidement, déterminée à voir Théo maintenant. Je m'apprête à sortir quand Julia m'intercepte.

— Tu vas où ? On va commencer.

126

— Ne t'inquiète pas, je reviens, je vais chercher mon cavalier, dis-je en prenant mon manteau.

Je lui adresse un clin d'œil et ouvre la porte. Je n'ai pas fait un pas à l'extérieur que j'entends.

— Fais vite, je veux te présenter le mien, moi aussi!

Je souris et me dépêche de rejoindre la voiture de mon père. Pendant tout le trajet, je réfléchis à ce que je souhaite lui dire. J'espère trouver les mots pour le convaincre. Je vais lui dévoiler toute la vérité et ensuite, je verrai bien. Je ne vais pas le supplier non plus. Si j'ai appris une chose ces dernières années, c'est qu'on ne tombe pas amoureux quand on le décide, mais bien au moment où l'on s'y attend le moins. Mes précédentes relations me l'ont prouvé.

En montant les marches qui mènent à l'appartement loué par Benjamin, des souvenirs me reviennent. La façon dont il m'a portée pour descendre, l'odeur de sa peau que j'ai osé savourer, le sentiment de sécurité que j'ai ressenti dans ses bras. Il faut que je chasse tout ça de mon esprit avant de me trouver devant mon petit ami. Comment mon subconscient peut-il me remémorer ces souvenirs alors que je suis amoureuse d'un autre? Tout ça me ramène au baiser que j'ai échangé avec Ben. Que m'arrive-t-il, bon sang? Je dois absolument oublier tout ça! Je suis là pour que Théo vienne rencontrer ma famille, pas pour fantasmer sur son meilleur pote.

Je prends une belle inspiration et frappe. J'entends des pas se rapprocher et je retiens ma respiration et frotte mes mains l'une contre l'autre, stressée.

— M'dame Moreau? Qu'est-ce que vous faites, ici?

Je souris à Tristan qui ouvre plus grand la porte pour me laisser entrer.

— Désolée de débarquer comme ça, surtout ce soir. Je…

— Joana? Mais tu n'es pas en famille? s'étonne Benjamin, très élégamment vêtu.

Habillé d'une chemise blanche, à travers laquelle on distingue parfaitement son torse et surtout ses abdominaux bien dessinés, sur un jeans brut qui se termine par des chaussures de marche. D'habitude, il agrémente sa tenue d'un sweat ou pour le boulot, d'une veste de costume, alors forcément, je remarque sa beauté.

— Tu comptes me dire ce que tu fais là, ou je dois rester sans bouger et te laisser me mater?

Son sourire prouve qu'il plaisante, mais cela n'enlève rien à mon embarras de m'être fait prendre, encore une fois.

— Euh non, pardon. Est-ce que Théo est ici?

— Non. Pourquoi?

Je hausse les sourcils, surprise.

— Il ne fête pas le réveillon avec vous? demandé-je.

Il me regarde mal à l'aise. Que lui arrive-t-il? Il n'est jamais gêné, encore moins avec moi. Il est habituellement si sûr de lui que c'en est agaçant.

— Avec papa on passe toujours le réveillon à visionner des documentaires sportifs, d'habitude on fait ça chez mes grands-parents avec Théo, mais bon.

Je me tourne vers Tristan et d'un coup, je remarque qu'il n'y a aucune table dressée ni repas festif. Il n'y a même pas de sapin de Noël!

— Attendez, mais vous ne fêtez pas Noël?

Merde, je suis estomaquée. Je pensais que seuls les gens sans véritable famille ne fêtaient pas Noël.

— C'est notre manière de le fêter quand on est tous les deux. Ça te pose problème? s'agace le papa ours.

Ouh là, je touche un point sensible. De toute façon, ce ne sont pas mes affaires. À chacun ses traditions.

— Non. Je voulais voir si Théo accepterait de venir, mais s'il n'est pas là…

Je sors mon portable et essaie d'appeler mon petit ami. Évidemment, je tombe sur sa messagerie. Et d'un coup, je me demande où il peut bien être. Une question me chiffonne cependant. Pourquoi il m'a dit qu'il serait avec eux si ce n'est pas vrai ?

— Ben, est-ce que tu sais où il peut être ? demandé-je perdue en prenant place sur le canapé.

Je pensais trouver mon homme ici, lui expliquer pourquoi je refusais qu'il rencontre les miens. J'espérais naïvement qu'il serait heureux de voir que je tiens suffisamment à lui pour qu'il passe le réveillon avec ma famille.

— Non, je ne sais pas, souffle-t-il sans me regarder, mais en fixant son fils qui le fusille des yeux.

— OK, je suis désolée de vous avoir dérangés.

Je me lève n'ayant plus rien à faire ici. Je n'ai plus qu'à rejoindre ma tribu qui doit déjà avoir commencé à réveillonner. Ben me raccompagne à la porte et je sens encore toute cette attraction qui se dégage de nos corps. Avant de le trouver ici, j'arrivais à faire comme si je ne n'éprouvais rien, mais aujourd'hui, mon âme me pousse vers lui. Surtout dû à l'absence d'intérêt que Théo me porte. J'ai beau savoir que ressentir de l'attirance pour un autre que son copain n'est pas vraiment bien vu, mais je n'y peux rien. *C'est chimique ces choses-là !*

Je me retourne avant de franchir la porte. Théo n'est peut-être pas présent, mais eux si. Et si passer un Noël avec Ben ne s'avérait pas si horrible que ça au final ? Je prends mon courage à deux mains sachant parfaitement qu'il peut me mettre un râteau. Je serai sûrement humiliée, mais au moins j'aurai été sympa.

— Est-ce que Tristan et toi aimeriez venir ?

— Où ? Dans ta famille ? s'étonne-t-il.

— Oui. Enfin, je ne veux pas vous empêcher de regarder vos documentaires. C'est juste une proposition, m'emballé-je gênée.

Il reste interdit un instant et je me demande bien pourquoi j'ai proposé ça, moi. Qu'est-ce qu'il m'a pris d'inviter ce rustre ? En plus, avec la chance que j'ai, ils vont raconter les chutes de mon enfance et je vais encore passer pour une cruche.

— Moi, je suis prêt. On y va, papa ?

Tristan apparaît devant moi, son gros manteau fermé et son bonnet dans les mains. Son sourire entraîne le mien. Nous fixons son paternel afin qu'il prenne une décision.

— Allez, papa ! On regardera le sport demain. Je n'ai jamais fêté Noël avec une si grande famille.

Sa moue boudeuse me fait rire, mais a le don de convaincre Benjamin. Tristan n'attend pas un instant pour dévaler les escaliers ne laissant pas d'autre option à son père que de récupérer rapidement ses affaires. Nous descendons en même temps, j'essaie de faire fi de nos mains qui se frôlent à certains moments.

— Ta jambe va mieux ?

Surprise de son intervention, je ne réponds pas tout de suite. Ce n'est qu'en bas des marches que je réponds.

— J'ai l'habitude, mon genou est plus fragile, mais avec les soins que mon frère me prodigue, ça passe plus vite. Je suis désolée que Tristan et toi ayez dû voir l'état déplorable de ma jambe.

— Pourquoi ? Tu n'as pas à avoir honte. Je crois même que Tristan t'admire encore plus qu'avant.

— M'admirer ! C'est un bien grand mot tout de même, pouffé-je.

— Non, je t'assure. Comme tu le sais, Tristan est très sportif. Le hand, c'est toute sa vie. Il m'a dit que pendant tes cours, tu donnais toujours de bons conseils. Grâce à ça, il a vraiment progressé.

— Je ne leur fais pas faire que du handball, faut pas exagérer. Mais c'est vrai qu'il est assez doué. Je suis sûre que son équipe doit être bonne.

Il secoue la tête et ouvre la portière de sa voiture.

— Je ne suis pas un expert. Je faisais du rugby, moi, m'indique-t-il en haussant les épaules.

Je ne suis que peu étonnée vu sa carrure, mais curieuse d'en savoir plus.

— Et tu étais à quel niveau ?

— J'allais rentrer à l'université avec une bourse sportive. J'ai dû arrêter avant.

Je suis bouche bée. C'est hyper dur d'avoir une bourse sportive. J'en sais quelque chose j'ai dû me donner à fond pendant toutes mes années de lycée pour obtenir la mienne. Tout ça pour finir prof de sport. Pas que je m'en plaigne, mais ce n'était pas mon projet de vie. Heureusement, aujourd'hui, je sais ce que je veux faire et vais tout mettre en œuvre pour trouver un job qui me convienne mieux. Et surtout, dans lequel mes compétences seront mises en avant.

— Eh bien, monsieur le rugbyman, je suis impressionnée, dis-je en le fixant droit dans les yeux.

— Bon, on y va ou vous papotez comme des fillettes jusqu'au Nouvel An ?

L'intervention de Tristan nous fait rire et je me hâte de rejoindre ma voiture les laissant me suivre jusqu'au chalet. Cette discussion m'a permis de penser à autre chose qu'à Théo. Je ne sais pas où il passe son réveillon ni avec qui, mais je sens que c'est la fin de notre relation. Cette semaine a été une épreuve bien trop dure à surmonter pour notre couple. Beaucoup de changements se sont opérés dans ma tête. J'ai l'impression que cette parenthèse en famille m'a libérée de moi-même. De la prison dans laquelle je m'étais enfermée. Finalement, j'en viens à me demander si je l'aimais vraiment…

Je sors de la voiture et attends que mes deux invités me rejoignent.

— Vous êtes prêts ? questionné-je quand ils approchent.

— Mince, j'ai oublié de prendre quelque chose. On ne va pas arriver les mains vides ! s'affole Ben.

Je le regarde les bras croisés et patiente jusqu'à ce qu'il finisse par se détendre. Il paraît bien nerveux d'un coup.

— On s'en fout de ça. Il y a tout ce qu'il faut ici. Et puis, tu les as déjà tous vus quand on a fait le sapin. Qu'est-ce qui te chiffonne ?

— T'as raison. Ce n'est pas comme si je m'incrustais à un repas censé être familial.

Je passe outre son sarcasme. Avant de franchir la porte, une chose me revient.

— Le seul truc que j'exige, c'est que tu ne dragues pas ma sœur.

Elle n'est plus célibataire, mais bon… je préfère m'éviter une déconvenue de plus, un soir de Noël.

Son regard incrédule me ferait sourire si je n'étais pas sérieuse. Hors de question que je le vois roucouler avec ma sœur. C'est hypocrite venant de moi qui suis en couple. Mais je vais assumer cette hypocrisie, car j'ai compris qu'avec Théo un fossé nous sépare.

— Mais elles ne sont pas mariées, tes sœurs ? interroge-t-il perplexe.

— Non pas Julia. C'est la plus jeune, tu ne l'as pas vue l'autre jour ? Une petite brune, les yeux clairs, toujours avec son portable ?

— Tu te fous de moi ? Ils sont tous pareils dans ta famille. Je me suis même demandé si tu n'avais pas été adoptée !

Je me renfrogne. Encore une fois, on me renvoie mes complexes. Ma mère me dit que je suis unique et qu'au moins personne ne me confond avec les autres, mais si ce n'était que physique je pense que je gérais. Mais je suis aussi la seule à n'avoir aucun diplôme prestigieux.

— Merci de me rappeler que je ne suis pas si intéressante qu'eux. Je me passerai de tes commentaires de toute façon. Je ne te demande qu'une chose, alors essaie de respecter ça et tout ira bien, m'emporté-je agacée avant d'ouvrir la porte.

J'entends le brouhaha de la tablée et j'accroche vite mon manteau pour les rejoindre.

— Waouh, m'dame Moreau, vous êtes canon !

Je me tourne surprise par l'exclamation de Tristan. Je lui souris, son compliment me touche bien que j'aurais préféré qu'il ne me voie jamais dans ce genre de tenue. Pour la crédibilité au lycée, ce n'est pas le top. Ben, quant à lui, ne fait aucun commentaire. Mais il n'en a pas besoin, son regard parle pour lui. Même s'il essaie de le cacher par une grimace de dégoût. Je lève les yeux au ciel, il ne changera jamais. Comment puis-je être attirée par cet homme ? C'est complètement insensé au vu de son comportement envers moi.

Je m'avance dans la salle à manger où d'un coup le silence nous accueille.

— Désolée, j'ai ramené des personnes avec moi, j'espère que ça ne dérange pas.

Tout le monde salue les nouveaux arrivants et comme ma mère n'avait prévu qu'un couvert supplémentaire pour Théo, je vais en cuisine chercher ce qu'il manque.

— Pourquoi tu ne m'as pas dit que Ben était ton mec ? lâche mon frère qui me rejoint.

Il est appuyé contre le comptoir me bloquant l'accès. Je lui donne un coup de hanche pour qu'il se décale.

— Ce n'est pas mon mec.

— Mais bien sûr ! Qu'est-ce qu'il fout là, alors ?

Il se bouge enfin et je peux récupérer ce qui me manque. Je dépose le tout sur un plateau que j'emporte avec moi.

— C'est le meilleur ami de Théo. Il n'a pas pu venir ce soir, du coup, j'ai invité Ben et son fils pour être sympa.

J'arrive dans la salle au moment où Julia et son copain descendent les marches en riant. Je vais enfin pouvoir rencontrer son amoureux comme elle l'appelle.

— Attends ! Tu as dit Théo ?

Je lève les yeux au plafond. Mon frère a toujours un train de retard.

— Oui, pourq…

Mon plateau se brise au sol dans un bruit sourd. Bien sûr, tout le monde a le regard rivé sur moi. Entre ceux qui se précipitent pour m'aider et ceux qui se moquent de ma maladresse légendaire, un brouhaha siffle à mes oreilles. Je n'y prête pas attention. Mon regard est tourné sur une seule personne. Celle que je fixe. Celle qui n'était pas disponible ce soir pour d'obscures raisons, celle qui me dévisage avec effroi sous les yeux étonnés de ma sœur.

— Joana, tu trembles, viens, on sort.

Trop choquée, je ne prête pas attention au froid qui s'immisce sous la veste qu'il m'a déposée. Ben m'a emmenée devant l'entrée pour me faire reprendre contenance. Seulement, je tourne en rond dans la neige et je suis trop furieuse pour ressentir une autre émotion que la colère.

— Non, mais tu y crois, toi ? Pourquoi j'attire toujours les faux-culs ? Pourquoi chaque mec avec qui j'ai une relation finit avec l'un ou l'une de mes frangines ? C'est plus la poisse que j'ai, c'est carrément la peste ! m'enflammé-je en faisant des allers-retours.

Je vois Ben se rapprocher et je m'arrête pour m'ancrer à lui. Il tend la main vers moi et m'invite à venir contre lui. Je ne me fais pas prier pour me lover dans ses bras réconfortants. Cela n'enlève rien aux sentiments de trahison, mais apaise un peu mon cœur meurtri. J'ai compris que c'en était terminé de nous, d'ailleurs quelque part, j'en suis soulagée. Je n'ai plus à culpabiliser de fantasmer sur son pote. En revanche, je ne pensais pas qu'il m'aurait trompée et encore moins avec ma propre sœur.

Nous percevons des voix crier et la porte s'ouvre sur mon ex et ma sœur. Je ne les regarde pas. Je ne veux pas voir la peine dans les yeux de ma petite sœur. Elle ne savait pas que son petit copain était déjà pris. Théoriquement, je ne dois pas en vouloir à Julia, seulement, je ne peux m'en empêcher. Je repousse Ben lorsque j'entends la voiture de Théo démarrer. Julia est toujours à la porte, elle s'avance, mais je l'arrête d'un simple mouvement de la tête pour lui indiquer que ce n'est pas le moment. Il m'est impossible, à l'instant présent, d'être la sœur qui pardonne. C'est plus fort que moi, je dois digérer la nouvelle. Elle rentre dans le chalet, visage baissé et même si je ressens une pointe de douleur me piquer la poitrine, je ne peux rien y changer. En tout cas pour ce soir. Demain est un autre jour.

— Ça va ? s'inquiète Ben toujours face à moi.

Il n'a pas bougé ni dit quoi que ce soit et pourtant, j'ai l'impression que sa seule présence m'aide à faire face.

J'acquiesce silencieusement. Il s'avance, pose sa main chaude sur ma joue gelée. Le contraste me fait frissonner, mais ce que je discerne dans ses iris m'apaise. Me perdant dans l'intensité de ses prunelles bleu-vert, il en profite pour se rapprocher si près que nos nez se touchent. Le moment est inéluctable, et même s'il est mal choisi, j'ai besoin de le sentir sur mes lèvres. Je devrais reculer, être bouleversée au point d'être inconsolable. En effet, je devrais…

Alors je ne résiste pas lorsque Benjamin pose sa bouche sur la mienne, j'en suis soulagée. Comme si ce simple baiser me donnait une bouffée d'air frais. Je pousse le vice en l'approfondissant. Je souris et lui mords légèrement la lèvre inférieure, taquine. Il grogne et me rapproche de lui. Nos deux corps ne font plus qu'un, malgré tout il m'en faut plus. Je cherche une ouverture même toute petite où je pourrais accéder à sa peau. Mes paumes passent la barrière de son manteau, puis son pull jusqu'à sentir le tissu de sa chemise sous mes doigts. J'y suis presque quand il me prend les mains me stoppant dans mon élan. Nous sommes tous les deux haletant et avec le froid nous pouvons voir nos souffles se mélanger.

— Joana, je…

La porte d'entrée s'ouvre et je vois apparaître mes trois beaux-frères. Ils viennent jusqu'à moi, cassant définitivement le moment.

— Allez, viens, Jo, on t'embarque quelques minutes.

Je fronce les sourcils, étonnée. Pourquoi veulent-ils aller ailleurs ?

— C'est bon, les gars, je peux m'occuper d'elle !

Le ton brusque que Ben a employé ne laisse pas de place à d'éventuelles protestations. Aussi surprise que les autres, nous nous tournons vers lui attendant des explications, qui ne viennent pas. Vince me fait signe de les suivre, je ne me sens pas prête à faire face au reste de ma famille, alors, je suis plutôt contente qu'ils m'autorisent un peu de répit avant d'affronter la réalité.

— Joana, tu n'es pas obligée d'aller avec eux. Je peux t'emmener où tu veux, affirme-t-il.

La tension qui émane de lui est palpable. Ses doigts ne cessent de frotter sa barbe. Délicatement, ma main attrape la sienne pour la serrer. Par ce geste, j'espère le rassurer. Le voyant peu réceptif, j'ajoute :

— Je vais aller avec eux, mais je souhaiterais, si tu acceptes, que tu m'héberges cette nuit. Je prendrai le canapé, je ne veux juste pas être ici ce soir.

Je lui montre le chalet d'un mouvement de tête appuyant mes propos.

— D'accord, je t'attends.

Il rentre retrouver son fils et ma famille et je me dis qu'ils auraient mieux fait de rester à regarder le sport finalement. *Tu parles d'un réveillon en famille !*

— Allez, Jo, viens marcher un peu avec nous !

Je rejoins mes amis, en me demandant combien de personnes passent Noël avec leurs ex qui sont aussi leurs beaux-frères…

Chapitre 17

Ben

Je rentre dans le chalet parce qu'elle me l'a demandé, mais je préférerais rester près d'elle, l'aider à extérioriser ce qu'elle vient d'apprendre. Être là pour elle, tout simplement. Surtout depuis ce qu'elle m'a avoué. Cette femme est unique, elle m'attire depuis le premier jour. D'autant que j'avais cette impression qu'elle l'était également. Je m'apprêtais à l'inviter à sortir quand d'un coup, elle s'est mise à m'éviter sans aucune raison. Elle me donnait la sensation de ne pas supporter ma présence. Pourtant, j'ai tout tenté pour l'approcher, être à ses côtés. Je suis devenu un des parents d'élèves délégués, alors que j'ai toujours refusé cette corvée. Puis le jour où je l'ai sentie désemparée face à son problème informatique, j'ai demandé à Théo d'intervenir. *Quel idiot!* J'ai halluciné en réalisant qu'il la draguait et que c'était réciproque. Après la réunion, j'étais dégoûté, mais déterminé à ce qu'il ne se passe rien entre eux. Joana se rendrait compte qu'ils n'étaient pas faits l'un pour l'autre.

M'immisçant à chacun de leurs rendez-vous, j'espérais qu'elle saisisse mon attirance pour elle. Théo est tellement naïf qu'il n'a rien vu. Je faisais mine de rien et il m'invitait à chacune de leurs sorties. C'est toujours lui qui en parlait. Jamais, je n'aurais insisté si j'avais compris que c'était sérieux entre eux. Je ne suis pas con. Je me doutais bien qu'ils passaient du temps ensemble seuls chez l'un ou chez l'autre. Jaloux, j'essayais d'être présent dès que je le pouvais. *Et vous savez ce que j'ai remarqué récemment ?* Théo avait de plus en plus de parties «importantes» auxquelles il devait «absolument» participer. Quelque chose clochait. J'ai souhaité que Joana le quitte, mais même si elle semblait agacée, elle ne faisait aucun commentaire.

Quand j'ai appris qu'elle ne voulait pas qu'il rencontre sa famille, j'ai été intrigué. J'ai d'abord pensé qu'elle avait compris qu'il n'était pas l'homme qu'il lui fallait. Alors j'ai demandé à mon fils de mener son enquête sur la destination de ses prochaines vacances. Il adore sa prof de sport et elle le lui rend bien. Il n'a pas tardé à obtenir l'information comprenant que j'en pince pour elle. Il l'a deviné et je ne m'en suis pas caché.

Je ne lui dissimule rien de ma vie, car il est mon fils.

Sa mère et moi avons fait une erreur. Une fois. Quand on dit qu'il suffit d'une fois, je comprends que certains lèvent les yeux au ciel. Mais ça n'arrive pas qu'aux autres, croyez-moi! C'est comme pour le loto.

Eh bien, c'est faux. Une seule erreur peut changer toute une vie.

J'avais des projets bien différents avant; intégrer une bonne université grâce à la bourse sportive que j'avais décrochée. Je n'aurais probablement pas joué en haut niveau au rugby, mais cela m'aurait permis d'accéder à de prestigieuses écoles. Et puis on ne va pas se mentir, les filles aiment les sportifs et moi, j'adorais les filles.

D'un gamin rêveur, j'ai dû devenir un père responsable. Attention, je ne m'en plains pas, aujourd'hui, je suis heureux. J'ai un métier que j'aime, je suis bon dans ce que je fais et je ne manque de rien financièrement. Toutefois, je n'ai pas eu de vraie adolescence, et malheureusement quand on est papa à seize ans, on passe à côté de plein de choses. Je n'allais pas aux fêtes avec mes potes, je ne voulais rien faire sans mon fils. Prouver à mes parents que j'étais capable de l'élever. J'ai longtemps pensé qu'avoir une relation sérieuse m'aiderait, mais même si avoir un enfant attire les femmes, elles ne restent pas. Je n'ai jamais caché mon fils à qui que ce soit et si au début, elles jouent à la maman avec Tristan, ensuite elles disparaissent. J'avoue ne pas avoir essayé de les retenir. Si elles me prennent, c'est avec mon fils ou rien. C'est un package. Tristan et moi ne sommes pas dissociables.

C'est ce qui m'a attiré en premier chez Joana. Elle a considéré Tristan avant même de m'adresser la parole. Elle parle à ses élèves comme à des adultes. Ils la respectent pour ça. Bon, en revanche, ils se foutent aussi beaucoup de sa gueule et je les comprends. C'est une vraie catastrophe ambulante. Mais c'est rafraîchissant. J'adore la voir si mal à l'aise à chacune de ses maladresses. Elle rougit et sourit pour cacher sa gêne. À chaque fois, je n'ai qu'une envie, l'embrasser. Sa bouche m'obsède. Non, c'est elle tout entière qui m'obsède.

Dans l'entrée, j'entends des voix, des chuchotements et des pleurs. Je m'avance prêt à affronter le regard de mes hôtes. Tristan me fait un signe, il est à table avec les enfants et une des sœurs de Joana. La plus timide, Joyce, je crois. Julia pleure dans les bras de sa mère et Jonathan s'engueule avec Judith. Ils ne font pas attention à moi sauf John, le père.

— Eh bien, tu parles d'un Noël! En même temps, j'aurais dû m'en douter. Cette fête ne porte pas bonheur à Jo, depuis quelques années.

Je fronce les sourcils. Qu'est-ce qu'il raconte, elle avait l'air super heureuse de faire Noël avec sa famille? Je n'ai pas le temps de poser de question, car Jonathan vient jusqu'à moi, furieux.

— Toi! Tu savais que l'autre con se tapait mes sœurs?! Pourquoi tu n'as rien dit!

Son père lui barre le passage avant qu'il ne me percute. Je comprends qu'il soit en colère et je respecte qu'il veuille protéger ses frangines, mais il fait fausse route. Il se trompe de cible.

— Non, enfin, je croyais qu'ils étaient séparés.

Je mens. Hors de question de lui dire que je savais qu'il voyait quelqu'un. *Je ne suis pas fou… quoique!* Il se détend et me regarde soupçonneux. Son père s'écarte et rejoint sa femme une fois son fils calmé.

— T'es mordu! annonce-t-il comme une évidence.

Hein! Qu'est-ce qu'il raconte?

— De quoi?

— Jo! C'est pour ça que tu es là ce soir. Pour ça que tu ne refuses jamais une de nos invitations depuis notre rencontre. Je suis sûr que j'ai raison!

Je perçois son sourire s'agrandir de seconde en seconde alors que je ne parle pas. Je ne vais sûrement pas me confier à lui. Il pouffe et me tape dans le dos.

— T'inquiète, va! Tu n'as pas besoin de répondre, ton regard parle pour toi chaque fois que je vous observe ensemble.

Il s'éloigne, me laissant comme un con. *Merde, ça se voit tant que ça?* Mais alors pourquoi elle, elle n'a rien remarqué? Ça aurait été tellement plus simple.

Je rejoins mon fils et lui demande s'il est prêt à partir. Nous n'avons encore rien mangé, mais au vu des circonstances, je pense que le repas est terminé. Il se lève et va récupérer ses affaires, le temps pour moi de remercier M. et Mme Moreau de leur hospitalité. Je reviendrai chercher Joana tout à l'heure, là ils ont besoin d'être en famille.

— Vous rigolez? Non, on se réinstalle tous et on mange comme prévu! C'est la première fois en quatre ans que je passe Noël avec tous mes enfants, pas question d'annuler. En plus, les petits n'y sont pour rien, ils ont le droit à un bon réveillon de Noël, vous ne croyez pas?

Je ne sais pas quoi répondre et m'installe à la place que Mme Moreau m'indique. Il manque toujours Jo et ses beaux-frères. J'ignore ce qu'ils avaient à se dire, mais cela me stresse. Je ne suis pas idiot, j'ai compris ce qu'elle m'a dit tout à l'heure. Elle est sortie avec ses beaux-frères, enfin au moins deux d'entre eux. Pour Vince, je me pose des questions…

Julia essaie de se défiler, mais sa mère lui ordonne de s'asseoir. Nous commençons à manger en silence. On est loin d'une tablée conviviale, mais le repas est bon, c'est déjà ça.

Ce n'est qu'une bonne demi-heure plus tard que la femme qui hante mes pensées fait son apparition entourée des trois maris qui manquent.

— Je me vengerai, les gars ! Je vous le jure que je le ferai !

Joana entre couverte de neige en riant. Toutes les personnes à table ont le regard rivé sur eux dans l'attente de sa réaction. Les hommes prennent place pendant qu'elle se sépare de son blouson. J'ai les yeux fixés sur elle, souhaitant voir si elle va bien. J'aimerais qu'elle cherche mon regard, qu'elle se repose sur moi. Et c'est ce qu'elle a fait, au moment où elle relève la tête, ses iris bruns plongent dans les miens. Son sourire en coin libère un truc en moi. Comme une bouffée de bonheur pur. Rien n'est simple, rien n'est écrit, je ne lui ai pas encore dit ce que j'éprouvais pour elle. Je ne sais même pas si elle va vouloir de moi, mais j'ai bon espoir. De toute façon, je ne lâcherai rien. Je la veux et je l'aurai. Peu importe le temps que cela prendra.

Chapitre 18

Joana

Un léger sourire aux lèvres, je rejoins la table couverte de mets plus appétissants les uns que les autres. Cette soirée ne se déroule pas comme mes parents l'avaient espéré, mais je ne veux pas la gâcher. Je pensais partir, cependant, les trois zigotos qui me servent de beaux-frères m'ont remis les idées en place. J'avais déjà décidé de quitter Théo, alors au fond, ce n'est pas un problème. Mais être encore évincée par ma frangine me met les nerfs en pelote. Je me doute que Julia, informaticienne de métier, a plus de points communs que moi avec Théo. Et puis, en y réfléchissant bien, ça a toujours été comme ça. J'ai choisi les hommes avec qui je sortais en fonction de critères qui ne me correspondaient pas. Seul le sport nous reliait tous. Et un seul point commun n'est pas suffisant pour qu'un couple dure sur le long terme. Surtout que ce n'était pas leur passion première. Ils m'ont tous les trois donné leur vision de nos ruptures. Finalement, nous étions séparés avant qu'ils ne se mettent avec mes sœurs ou Jonathan. Et moi, j'avais déjà fait le deuil de nos relations. Le fait qu'ils m'aient caché s'être mis ensemble m'a fait souffrir. Là, c'est différent. Julia ne savait pas que Théo était en couple, encore moins avec moi. Je ne peux pas lui en vouloir…

Je m'installe entre Ben et Julia. Ma sœur baisse le visage, je lui prends la main pour lui montrer qu'elle n'a pas à se sentir coupable.

— Je suis désolée, murmure-t-elle pour que je sois seule à entendre.

Je l'incite à me regarder, les larmes dans ses yeux ne demandent qu'à sortir et l'invite à poser sa tête contre moi. Ma petite sœur a mal et cela me déchire. Nous allons devoir discuter elle et moi, car je ne veux pas qu'elle culpabilise. Elle avait l'air tellement heureuse quand elle me parlait de son amoureux. Jamais je n'aurais pensé qu'il s'agissait de l'homme que je fréquentais. Je ne savais même pas qu'ils se connaissaient! En même temps, je faisais tout pour qu'il ne rencontre pas ma famille par peur qu'il ne s'entiche de ma petite sœur. *Me voilà bien…*

Les conversations ne sont pas nombreuses et peu animées. C'est un bien triste réveillon. Mes parents attendaient beaucoup de ce séjour et cela me peine de voir qu'ils n'auront pas le Noël qu'ils espéraient. D'un coup, une chose me revient en tête. Je regarde mon frère qui me fait face et lui donne un coup de pied sous la table.

— Aïe! Mais t'es malade!

Il se penche pour frotter son tibia me fusillant du regard en même temps.

— Tu n'avais rien à dire? chuchoté-je.

Il s'avance vers moi pour plus de discrétion.

— Pas ce soir, l'ambiance n'est pas vraiment à la fête.

Je lève les yeux au ciel et l'incite du menton à parler. Hors de question qu'on lui gâche son annonce, il était tellement excité quand on en a discuté. Il me fait un signe négatif de la tête alors je prends les devants. Moi aussi, j'ai eu des réflexions importantes ces jours-ci.

Je me mets debout, faisant taire tout le monde. Le regard de Benjamin pèse sur moi et me stresse. Nous nous connaissons depuis peu tous les deux, pourtant une partie de mon passé lui sera dévoilée ce soir. Je pourrais attendre demain, mais je suis contente qu'il soit là. Je me sens bien avec lui, sa présence dans ma famille est plaisante. Je crois n'avoir jamais ressenti un tel apaisement au côté d'un homme. En plus, il ne s'agit pas que de moi, je veux montrer l'exemple à mon jumeau. J'espère qu'après mon annonce, il sera prêt à faire de même.

— Je voulais juste vous dire que j'avais pris une grande décision.

— Tu ne vas plus créer de catastrophe ? interroge Sofiane, faisant rire toute l'assemblée.

Je lui tire la langue en représailles.

— Non, vous aimez beaucoup trop vous moquer de moi, ça serait triste !

Ils rient encore et j'attends patiemment qu'ils se taisent à nouveau pour reprendre.

— Je vais démissionner. Vous savez comme moi que mon truc, c'est le handball. Avec ma blessure, je ne pourrai jamais en refaire professionnellement. Mais je peux être coach. Enseigner me plaît, mais le hand davantage, alors j'allierai les deux. Ah et aussi, je suis très heureuse d'être avec vous ce soir. Voilà, c'est tout ce que je voulais vous dire !

Je me réinstalle et mon frère fait le tour de la table pour m'accueillir dans ses bras. Je lui ai ouvert une porte, il n'a plus qu'à la franchir en révélant à tout le monde ce qu'il m'a dit. Ce réveillon a mal commencé, mais il ne doit pas forcément se terminer sur cette note.

Jonathan rejoint sa place et tandis que tous se tournent vers lui, deux regards sont toujours fixés sur moi. J'ignore du mieux que je peux celui de l'homme à mes côtés, mais souris à son fils. Je ne sais pas pourquoi il me fixe de cette façon, mais je me sens rougir. Tristan est mon élève et je viens d'annoncer ma démission alors que mon patron n'est pas au courant. Il va falloir que je lui parle pour qu'il n'aille pas clamer ça à ses camarades. Le proviseur mérite de le savoir en premier. Bien sûr, je ne le laisserai pas en plan et si je dois finir l'année, je le ferai. De toute façon je n'ai pas encore trouvé d'autre boulot même si j'ai eu des propositions depuis mon accident, c'était il y a longtemps il faut que je réfléchisse.

Jonathan se racle la gorge et je reporte mon attention sur lui.

— Premièrement, Vince et moi allons nous marier! annonce-t-il après avoir pris une grande inspiration.

Il n'a pas le temps de continuer qu'une flopée d'applaudissements se fait entendre. Ma mère, le regard brillant, embrasse son fils pendant que mon père fait une accolade à son compagnon. Voir tout le monde étonné et heureux de cette nouvelle me fait sourire. Pour une fois, j'étais dans la confidence. Ils passent tous les féliciter et on trinque à leur bonheur quand mon frère demande le silence.

— Merci à tous. On a encore quelque chose à vous dire.

Vince prend la main de son fiancé, un sourire vissé sur son visage.

— Il y a trois ans, nous avons commencé la procédure pour adopter, on pensait devoir attendre quelque temps, mais finalement nous allons bientôt accueillir un petit garçon.

Je reste bouche bée par cette nouvelle. Je ne savais pas que l'adoption avait été si vite, il ne m'en a pas parlé la dernière fois. Je suis tellement heureuse pour mon jumeau. Si contente que je me lève d'un bond pour aller le prendre contre moi. Cependant, rien ne se passe comme je le veux. Je me redresse, pousse la chaise et alors que j'amorce mes premiers pas, mon pied se coince dans je ne sais quoi me faisant perdre l'équilibre. Je bats des bras inutilement et m'apprête à sentir le sol dur sous mes genoux. Seulement, au lieu d'accueillir la souffrance que je connais trop bien au niveau de ma cicatrice, ce sont des bras forts qui me réceptionnent. J'ouvre les yeux sur l'homme qui a pris l'habitude de me retenir quand je faiblis.

Ses iris clairs me transpercent le cœur. Pendant un temps qui me paraît infini, je ne suis qu'avec lui. Plongée dans son regard qui me dit tellement de belles choses que je crois rêver.

— Oh non! Tata n'a pas encore pu embrasser son chéri!

Tout le monde se marre et mes joues chauffent. L'intervention de ma nièce a le mérite de me remettre les idées en place. Je me redresse en remerciant Benjamin de son sauvetage. Mon frère est mort de rire quand je le rejoins et je lui frappe le biceps avant de le prendre dans mes bras.

— Il te regarde comme si tu étais la huitième merveille du monde. C'est peut-être le bon celui-là! me chuchote-t-il dans le creux de l'oreille.

Il me serre plus fort contre lui pour m'empêcher de vérifier ce qu'il me dit. Je viens juste d'apprendre que mon mec m'a trompée avec ma sœur, je ne vais pas sauter sur son meilleur ami, bon sang! *Quoique…*

— Félicitations, mon frère. Mais je croyais que ça prendrait plus de temps? Qu'il fallait vous marier? questionné-je surprise.

— Oui, les personnes qui s'occupent de notre dossier nous l'ont conseillé, mais ils ont appelé hier pour nous annoncer la nouvelle, m'explique-t-il.

— Vous allez être de super papas! Je suis si fière de toi.

— Moi aussi. Tu es la meilleure, je suis sûr que tu trouveras vite une équipe qui aura la chance de t'avoir comme coach, me rassure-t-il en un sourire.

Nous nous séparons et je vais voir le deuxième futur papa. J'embrasse Vince sur la joue et il me remercie de mon soutien. Nous avons traversé tellement de choses. J'ai aimé cet homme, cet ami. Avant qu'il ne devienne le mec de mon frère et bientôt, son mari. Je suis heureuse pour eux et je veux qu'ils le voient. Ils n'ont pas à s'arrêter de vivre pour moi.

— Désolé, Jo, mais je vais écourter notre discussion sinon je vais mourir avant d'avoir l'occasion d'accueillir mon fils.

Je le regarde perplexe et me tourne dans la direction qu'il m'indique. Ben a les yeux rivés sur nous et il ne s'en cache pas. Les sourcils froncés, il a l'air énervé. Je lui souris, mais il ne réagit pas, focalisé sur la main de Vince posée sur ma hanche.

— Il est jaloux. Tu devrais aller le voir, dit-il en me lâchant.

— Nous ne sommes pas ensemble, dis-je offusquée sous son air rieur.

Vince se réinstalle à table, me laissant seule sous le regard dangereusement attirant du meilleur ami de mon ex. *Dans quoi je m'embarque encore...*

Chacun reprend sa place et le repas continue dans la bonne humeur. Je vois bien que Julia fait semblant de s'amuser et cela me peine. Je me doute de ce qu'elle éprouve et je ne veux pas qu'elle continue de culpabiliser sans raison. C'est ma petite sœur, je ne supporte pas de la voir souffrir. Je profite de la préparation du café pour la traîner avec moi. Je fais signe aux autres de nous laisser seules. Nous sommes dans la cuisine et Julia sort les tasses une à une sans me prêter attention. Le silence règne et je n'aime pas ça. Je me rapproche d'elle et arrête ses mouvements d'une main sur son épaule.

— Julia, s'il te plaît…

Quand ses prunelles rencontrent les miennes, je ressens une tristesse et une colère qui me brisent le cœur. Je me dois de l'aider, de lui parler.

— Ça va ? insisté-je.

Elle me regarde étonnée de cette question. C'est vrai que c'est moi qui ai été trompée, mais c'est elle qui en souffre le plus. Moi, j'ai été surprise et si la colère a été ma première réaction c'est parce que cette histoire m'a ramenée aux autres Noëls.

— C'est plutôt moi qui devrais te poser la question, chuchote-t-elle la tête baissée.

— Non. Julia, avec Théo c'était terminé. Nous n'en avions pas parlé, mais dans mon esprit ça l'était. Et je suppose que pour lui aussi, sinon il n'aurait pas été avec toi. Je croyais l'aimer, mais j'avais surtout peur de ne jamais trouver d'homme pour moi. Si je l'aimais vraiment, je n'aurais pas ressenti d'inquiétude à vous le présenter. Je me demande si j'ai déjà aimé un jour.

Elle me regarde et une larme roule sur sa joue.

— Tu es amoureuse, dis-je sûre de moi.

Au fond, je suis contente pour elle. Même si je vais avoir une discussion avec l'homme à l'origine de ses tourments.

— Je pensais que c'était le bon. Jamais je n'aurais cru qu'il avait quelqu'un, encore moins ma propre sœur. Je suis désolée, Jo. J'aurais dû me douter que c'était trop beau pour être vrai.

— Ah non ! Tu ne culpabilises pas, toi aussi, tu as été victime de son mensonge, d'accord ? Je vais avoir une conversation avec lui, pour mettre les choses au clair et ensuite, c'est toi qui devras lui parler. Je ne pense pas que Théo ait voulu te faire du mal. Ce n'est pas son genre.

Elle secoue la tête, les yeux au sol. Je sens qu'elle veut me dire quelque chose alors j'attends. Patiente…

— Tu… Je ne peux pas être avec lui. Tu as assez souffert. Je ne sais même pas comment tu as fait pour supporter de voir tes ex à notre table ! Tu as aimé ces hommes et ils te les ont pris ! Je ne veux pas être comme eux.

Je lui redresse le visage pour qu'elle voie la sincérité dans le mien.

— Ils ne m'ont rien pris. C'est vrai que je les ai aimés, mais c'étaient plus des amis, finalement. Nous n'étions plus ensemble quand ils se sont mis en couple. Ce qui m'a fait mal, c'est d'être mise à l'écart. Je suis amie avec chacun d'eux et personne ne m'a rien dit. Ce n'est pas passé. Et puis, j'en ai un peu marre d'être moins bien que vous.

— Quoi ?! Qu'est-ce que tu racontes ?

Je me tourne vers la cafetière qui a fini son travail pour éviter son regard. J'ai conscience que ce n'est pas logique, je ne devrais pas ressentir cette sensation d'être inférieure à eux. Nous sommes tous différents au fond, mais c'est plus fort que moi. Et le fait que mes ex trouvent leur bonheur dans les bras de mes frangins et frangines ne m'aide pas.

— Attends Jo, tu penses que t'es moins bien que nous ? Mais c'est n'importe quoi ! Merde, Jo, regarde-moi ! insiste-t-elle en me tirant face à elle.

Moi qui étais venue dans cette cuisine pour lui parler, voilà que la situation s'inverse. Je prends une grande inspiration pour affronter son regard bleu. *Putain, même de ses yeux, je suis envieuse !*

— Tu ne te rends pas compte de qui tu es. Tu es ma grande sœur, mon modèle. Tu es tellement forte. Certes, tu n'as pas trouvé chaussure à ton pied dans le passé, mais ça va venir. Un jour, tu tomberas amoureuse et cet homme sera chanceux de t'avoir. Merde, regarde, c'est toi qui as découvert ton mec avec ta sœur et pourtant, tu es encore là. Tu as même essayé de me réconforter. Tu es la personne la plus généreuse de cette famille, la plus courageuse.

— La plus différente aussi.

— Oui, la plus unique, acquiesce-t-elle en me prenant dans ses bras.

Je plonge mon visage dans son cou. Les larmes qui coulent sur mes joues n'ont rien à voir avec la tristesse, mais avec l'amour que je ressens pour ma Julia. Ce qu'elle vient de me dire m'a fait du bien. Parler avec elle m'a libérée d'un fardeau qui m'empoisonne l'existence.

Chapitre 19

Joana

Nous servons le café et les chocolats chauds à tout le monde et s'ils remarquent nos yeux rougis, ils n'en font pas cas. Je ris avec chacun des membres de ma famille sous le regard scrutateur de Ben. Après le baiser que nous avons échangé, nous devons mettre les choses au clair, d'autant que je ne sais pas encore ce qu'il signifie pour lui. Suis-je certaine de vouloir me lancer dans une relation, au moment où je m'apprête à prendre un tournant dans ma vie professionnelle ? Nous allons devoir éclaircir tout ça, mais en attendant, je profite de ce Noël en famille. Tristan est mort de rire au récit de Jonathan, curieuse, je me rapproche d'eux pour participer. Quelle erreur !

— C'est vrai, m'dame Moreau ?

— Rooh, arrête de m'appeler comme ça ! Appelle-moi Jo tant qu'on n'est pas au lycée. D'ailleurs, si tu pouvais éviter de dire à tout le monde que je vais quitter le bahut, ça serait cool.

— Oui, et le moment où tu tombes de vélo à l'arrêt ? Ça, je peux le dire ?!

Choquée, je fusille mon frère du regard. Comment a-t-il osé ? Ils sont hilares et Ben les suit, n'hésitant pas à surenchérir avec mes multiples maladresses qui ont eu lieu en sa présence.

Je les laisse à leurs moqueries pour aider maman et Julia à ranger la table. Judith et Joyce sont parties coucher leurs enfants afin que le père Noël puisse passer pendant la nuit.

Je termine de remplir le lave-vaisselle en écoutant ma mère nous raconter pour la énième fois combien elle est heureuse de nous avoir tous avec elle ce soir. La porte de la cuisine s'ouvre la faisant taire. J'ajoute le produit afin de mettre le lave-vaisselle en route quand maman dit à Julia qu'elle a quelque chose à lui montrer. Surprise par ce revirement de situation, je me retourne et comprends. Ben se tient devant moi. Il est nonchalamment appuyé sur le battant empêchant quiconque d'entrer ou de sortir.

Je sens mes muscles se contracter dans l'attente de notre échange. Notre baiser se rappelle à moi et j'humecte mes lèvres. Le prenant certainement comme un signal, il s'avance, me bloquant contre le plan de travail. Il pose ses mains sur le meuble tout près de mes hanches. Acculée avec l'envie brûlant mes veines, ma respiration s'accélère. Mon corps entier se tend vers lui alors qu'il n'a encore rien fait et je n'ose pas relever la tête. Si j'y décèle ce même désir, je serai incapable de lui résister. Et malgré ce que je lui ai dit tout à l'heure, je ne vais pas passer la nuit avec lui ce soir. Ce serait prématuré et j'ai le sentiment qu'avec lui ça va compter. J'ai beau le détester quand il se moque de moi, au fond, les derniers jours passés en sa présence m'ont montré l'homme que j'avais perçu à notre première rencontre.

Ses hanches collées aux miennes, je pose ma main sur son torse pour le freiner et réfréner cette envie de l'embrasser. Ce soir, ma raison est la plus forte et c'est pour le mieux. Le besoin de remettre en ordre mes idées est primordial avant de me lancer dans une potentielle nouvelle relation. Comprenant mon refus, Ben se recule légèrement.

— Je suppose que tu ne vas pas rentrer avec moi.

Je relève la tête, cherchant son regard pour déchiffrer ses attentes. Je ne souhaite pas n'être qu'un coup d'un soir et ses prunelles me fournissent un soulagement, mais bien plus encore. Au-delà du désir, la tendresse émanant d'elles me laisse bouche bée. Jamais personne, ne m'avait regardée comme il le fait. Cette sensation d'être importante m'effraie un peu.

— Joana, je vais être honnête avec toi. Tu me plais, et ce depuis un moment, mais je ne veux pas te forcer la main. Sache que je t'attendrai. Cette semaine et ces moments passés à tes côtés m'ont prouvé que mes sentiments étaient forts. Demain, nous rentrons et… ça te permettra de réfléchir à tout ça…

Il laisse sa phrase en suspens, me coupant le souffle, puis se décolle de moi. Un dernier regard accompagné de son sourire charmant et il quitte la cuisine pour saluer tout le monde. Je ne sors de ma bulle qu'au moment où la porte d'entrée claque. Sonnée par ses mots, j'ai du mal à m'ancrer à la réalité.

Et moi qui croyais que je ne l'intéressais pas…

Perdue dans mes pensées, je ressasse les moments passés avec lui. Même lorsqu'on s'envoyait des piques, c'était toujours amusant dans le fond. Avec le recul, je me demande si ce n'est pas parce qu'il me plaisait que ses mots m'agaçaient autant. Finalement, plus il m'énervait, plus je me rapprochais de Théo et plus ses paroles étaient blessantes envers moi.

Je passe ma nuit à tourner et retourner dans mon lit. Mon cerveau est envahi de questions qui m'empêchent de fermer l'œil. Il doit partir ce matin et je refuse de le laisser s'en aller sans un minimum de réponses. Je ne lui ai pas décroché un mot dans la cuisine hier alors que j'avais également des choses à lui dire. Même si je ne suis pas certaine d'être prête pour une relation dans l'immédiat, je dois lui avouer mon attirance pour lui, comme il l'a fait pour moi. Il m'a dit qu'il m'attendra, certes, mais j'aimerais qu'il sache que ça ne sera pas en vain. J'ignore ce que notre relation pourrait donner, mais ce qui est sûr, c'est que je ne me suis jamais sentie aussi bien qu'avec lui. Rien que le souvenir de son regard sur moi hier m'a convaincue. Ce ne sera pas tout de suite, car je ne souhaite pas brusquer les choses, mais je veux nous laisser une chance.

Chapitre 20

Ben

— Pa', pourquoi on précipite notre départ ? On aurait pu rester la matinée au moins ! boude l'ado qui me sert de fils.

— On a une journée entière de route et je suis le seul à pouvoir prendre le volant, je te signale ! Alors, dépêche-toi de finir de ranger tes affaires.

Je vérifie une dernière fois n'avoir rien oublié dans ma chambre et tire la valise vers la porte d'entrée. Depuis mon réveil, j'ai un mauvais pressentiment. J'ignore ce que c'est, mais mon instinct me dit de partir au plus vite. Habituellement, je ne suis pas du genre à croire à ces choses-là, mais sans comprendre pourquoi, aujourd'hui, cela me stresse autant. Seulement, je n'arrive pas à penser à autre chose qu'à Joana et il est possible qu'elle soit la cause de ma fébrilité.

J'ai avoué ce que je ressentais et lui ai promis de l'attendre. Je suis convaincu de mes sentiments, mais j'ai peur qu'elle ne me fasse patienter plus longtemps que je ne pourrai le supporter. Je ne suis pas un homme patient, être inactif n'est pas mon genre, alors il

va falloir que je lui rappelle ma présence de temps en temps sans être envahissant. Tout est une question de subtilité. Lui offrir de l'espace sans pour autant me terrer chez moi, je ne laisserai pas un autre prendre ma place auprès d'elle. Il en va de ma santé mentale. *Elle me rend complètement fou !* Jamais, je n'ai rencontré de femme aussi belle, lumineuse et gentille, tout en étant aussi poisseuse et maladroite qu'elle. D'ailleurs, ce n'est pas donné à tout le monde de m'impressionner. Derrière sa façade, on ne s'attend pas à ce qu'elle ait dû surmonter de lourdes épreuves. Sa vulnérabilité me conforte dans mes sentiments. Je ne la lâcherai pas tant qu'elle ne m'aura pas dit clairement qu'elle ne veut pas de moi.

Quelqu'un frappe à l'entrée me tirant de mes pensées. Tristan se précipite avant même que je ne réagisse. Je le laisse faire, de toute façon, je ne sais pas qui pourrait venir le vingt-cinq décembre au matin. Tout le monde est occupé.

— Pa', c'est pour toi !

Ça doit être Jo !

Je suis surpris, mais ravi qu'elle ait fait le trajet jusqu'ici avant que l'on parte. Je ne sais pas ce qu'elle va me dire, mais rien que de la voir quelques minutes fait palpiter mon cœur. Ouh là ! Je deviens fleur bleue dès qu'il s'agit de Joana, faut vraiment que je fasse gaffe !

— Salut ! Vous partez déjà ?

Je m'arrête net, déçu de découvrir Théo, et non celle que j'attendais, entrer dans la pièce. Je me gratte la barbe, contrarié. Il m'observe et me sourit.

— Pourquoi tout le monde me pose cette question ? Personne ne peut comprendre qu'il y a dix heures de route ! m'énervé-je.

Non, mais c'est vrai qu'à un moment donné, ils le font exprès !

Son sourire se fait encore plus prononcé et ça m'agace.

— Bon, tu es venu pour quoi ? Et puis tu n'avais pas de train à prendre ?

— J'ai repoussé mon départ à ce soir. J'avais des choses importantes à faire avant. Comme discuter avec mon meilleur ami et lui demander pardon.

Je hausse les sourcils, étonné. Je suis en colère contre lui, mais il ne connaît pas vraiment la raison. Jamais je ne lui ai dit ce que je ressentais pour sa copine.

— Qu'est-ce que tu racontes ? Je pense que c'est plutôt à Joana que tu dois des excuses.

— Je vais le faire, t'en fais pas pour ça. Est-ce qu'on peut s'asseoir pour discuter ? demande-t-il en désignant les chaises autour de la table.

Je hausse les épaules et m'installe. Je ne lui propose rien à boire, j'ai déjà tout rangé, mais il me surprend en sortant une boisson de je ne sais où.

— Rien ne vaut une bonne bière avant les confidences.

Je ne prête pas attention à l'heure matinale et la décapsule pour en prendre une gorgée avant de lui faire un signe de tête pour l'inciter à continuer. Il pose sa bouteille et me regarde dans les yeux. Méfiant à présent, Théo n'a jamais été aussi sérieux. D'habitude, il passe son temps à jouer à des jeux vidéo ou à en parler. Jusqu'à Joana, je ne l'avais même encore jamais vu si sérieux avec une femme.

Il se racle la gorge, signe qu'il va enfin prendre la parole.

— Je sais que tu es intéressé par Jo. Je l'ai su dès le début. Je n'ai jamais compris pourquoi tu ne me disais rien et me laissais le champ libre. Jo et moi ne sommes pas faits pour être ensemble, pourtant, la quitter me faisait peur. Elle est particulière, cette femme. Comme je te l'ai dit, Noël n'est pas vraiment la période la plus facile pour elle…

— Et tu lui as brisé le cœur le soir du réveillon !

Ma bouche a été plus rapide que je le souhaitais et surtout virulente. Repenser à ce qu'a dû ressentir Joana hier me met hors de moi. Et savoir qu'il avait deviné mes intentions envers sa copine me perturbe.

— Tu as raison, jamais je n'aurais imaginé que Julia était la sœur de Jo. Elle ne me parlait jamais de sa famille et maintenant que j'en connais la cause, je suis encore plus en colère contre moi-même. Julia m'a expliqué les derniers Noëls qu'ils ont passés tous ensemble et…

— Il me semble que c'est à moi de raconter ça ! coupe cette voix qui fait battre mon cœur un peu plus vite.

Je ne l'ai pas entendue entrer, mais Tristan a dû lui ouvrir la porte sans se poser de question. Elle reste debout, appuyée contre le plan de travail de la cuisine face à nous. Elle ne dit rien quant à la présence de Théo, mais je dois l'avouer, j'aurais préféré être seul avec elle. Néanmoins, vu sa posture, elle s'apprête à dire quelque chose d'important alors j'attends.

— J'ignore ce que tu penses savoir, Théo, mais il n'y a que moi à pouvoir vous donner les bonnes informations. Je vais commencer par mon accident. Une voiture m'a percutée le jour de Noël. C'était il y a sept ans jour pour jour.

Elle laisse un instant de silence, le temps pour elle de se reprendre. Je perçois dans ses prunelles une intense tristesse. Elle ne pleure pas, mais son visage reflète une multitude d'émotions, avant de révéler cet air abattu que je n'avais encore jamais vu chez elle. Elle est dans sa bulle, le regard au sol, comme détachée de ce qu'elle va nous raconter.

— J'aurais pu éviter la voiture. Elle a grillé le feu rouge, et j'aurais pu freiner à temps si je n'avais pas été absorbée par ce que je venais de découvrir. Il s'avère que ce jour-là, je suis allée rejoindre mon petit ami chez lui. C'était prévu, nous devions passer le réveillon séparément et le matin nous retrouver. Mais quand je suis arrivée, il n'était pas seul. Une de mes coéquipières était dans son lit. Je pouvais éviter de bousiller ma carrière et de faire souffrir mes proches, mais j'étais trop centrée sur mes propres malheurs pour réagir. Pourtant je l'ai vu… souffle-t-elle en laissant quelques larmes dévaler ses joues.

La vache, c'est quoi cette histoire! Elle m'avait parlé d'un accident de la route, mais je n'imaginais pas qu'il y avait une histoire derrière. Une sourde colère monte en moi. J'aimerais connaître le mec qui lui a fait du mal pour lui dire ma façon de penser. Je regarde Théo qui est blanc comme un linge. Tu m'étonnes, j'en serais presque à lui mettre mon poing dans la gueule pour l'avoir fait souffrir. Mes mains serrent fortement la bouteille de bière, j'essaie de me contenir pour ne pas dévoiler mes émotions. Elle n'a pas terminé et c'est important que je l'écoute jusqu'au bout.

— Bref, l'accident n'est que le début de mes déboires avec cette période. J'ai eu de la chance d'être entourée de ma famille pour me remettre. J'ai fini par reprendre une vie normale même si l'incident a révélé ma malformation et m'a coûté ma place en équipe de France, j'ai pu me relever. J'ai fait des rencontres qui m'ont beaucoup apporté, ajoute-t-elle en souriant. Sofiane, Anton et Vince ont chacun joué un rôle dans ma reconstruction. Ils sont mes amis avant d'être de ma famille. Ils ont été plus que cela puisque j'ai été en couple avec chacun d'eux. Il y a six ans, un an après cet accident, Judith m'a appris qu'elle sortait avec Sofiane depuis peu. Il était donc présent à ce Noël en tant que mon beau-frère. Nous avions rompu plusieurs mois avant, alors j'ai pris sur moi et me suis réjouie pour eux. Seulement, il y a quatre ans, toujours à Noël, Joyce et Jonathan sont venus accompagnés. Je n'étais pas au courant, mais Joyce était avec Anton depuis quelque temps et ils allaient avoir un enfant. Jonathan, lui, était avec Vince depuis peu, mais ils savaient tous les deux que c'était sérieux. Je n'ai pas accepté ces nouvelles et je me suis éloignée d'eux. Je n'ai plus eu de contact avec mes frères et sœurs, à part Julia depuis. Je n'arrivais plus à supporter qu'ils soient heureux avec mes amis, mes ex… Je leur ai fait confiance et je me suis sentie trahie qu'ils ne m'aient rien dit.

Je ne vous raconte pas cela pour que vous ayez pitié, seulement, je pense que l'un comme l'autre vous devez comprendre dans quoi vous vous embarquez. Théo, si tu aimes vraiment ma sœur, tu as intérêt à te faire pardonner, le menace-t-elle presque en le fixant.

Sa posture et son regard protecteur me montre une nouvelle facette de sa personnalité et je ne l'en aime que davantage.

Attendez, comment ça je l'aime ?! Ce n'est pas possible, c'est trop tôt ! Je sais qu'elle me plaît et que j'envisage quelque chose de sérieux, mais…

Je ne me rends compte que je retiens ma respiration qu'au moment où elle se tourne vers moi. Mince, j'ai loupé ce qu'elle a dit à Théo avec mes conneries !

— Ben, toi et moi, c'est complètement fou, je déteste quand tu te moques de moi et en même temps nos conversations m'amusent et m'apaisent. Je ne comprends pas trop ce qu'on peut attendre d'une relation comme la nôtre et je ne suis pas sûre d'être prête. Je vais avoir pas mal de choses professionnelles à gérer. Seulement, j'ai peur de m'en mordre les doigts si je ne tente rien. Alors, si tu veux toujours de moi, je veux bien essayer…

Son regard est fuyant et pourtant sa posture est déterminée. Je n'ose me lever alors que j'en crève d'envie. Je ne rêve que de ça depuis des semaines, qu'elle m'appartienne et d'un coup, quelque chose m'en empêche. De l'autre côté de la table, mon pote a disparu. Et comme ça, en un instant, je laisse tomber mes barrières et fais face à Joana et ne perds pas un instant pour l'embrasser. Je m'empare de tout ce qu'elle me donne sans en laisser une miette. Il s'agit d'un baiser rempli de promesses. Dans cet échange, je lui offre mon cœur, et j'espère qu'elle en prendra soin.

— Euh, je croyais qu'on était pressés ! s'indigne Tristan en débarquant avec ses valises.

Je ferme les paupières en maudissant mon fils de mettre fin à ce moment. J'avais presque oublié où nous nous trouvions et que je devais prendre la route. Je m'éloigne de Joana en lui faisant un clin d'œil.

— C'est vrai, on y va. Va dans la voiture, je te rejoins.

Il se marre en embarquant ses affaires. Pas de doute, je vais en entendre parler tout le long du trajet.

Je regarde la femme à mes côtés et souris comme un bien heureux.

— Désolé, j'ai un ado envahissant, j'espère que cela ne te dérange pas ?

Elle lève les yeux au ciel, un sourire accroché aux lèvres.

— Je crois que je devrais pouvoir m'y faire…

Sortant de l'appartement, nous restons silencieux, sachant que nous allons nous séparer d'un instant à l'autre.

— On se voit à ton retour ? proposé-je.

Elle hoche la tête, les mains dans les poches. Elle paraît intimidée.

— Oui, je rentre dans deux jours. Je t'appelle ?

Caché par le coffre ouvert, je me rapproche d'elle, afin que Tristan n'assiste pas à cette scène. Je la tire vers moi et plonge mes yeux dans les siens. J'ai l'impression de me noyer dans du chocolat, ce qui éveille mon appétit. Elle me donne faim, mais pas de nourriture… *Oh, là non !* D'elle. J'ai faim de sa bouche, de son corps. J'attends depuis tellement longtemps que je pourrais la croquer ici et maintenant. Je réfrène mes envies en l'embrassant langoureusement.

— Histoire que tu ne m'oublies pas en chemin, dis-je avant de lui faire un clin d'œil et de fermer le coffre.

Il est vraiment temps que je parte, même si je suis beaucoup moins motivé que tout à l'heure, mais bien plus heureux.

Même si ce mauvais pressentiment ne me quitte pas…

Chapitre 21

Joana

Je regarde la voiture s'éloigner avec regret. J'aurais aimé profiter encore un peu de ce sentiment de sérénité que je ressens près de lui. Soulagée d'avoir discuté avec Théo, nous avons mis les choses au clair et finalement, nous étions au même point tous les deux. Notre histoire ne rimait à rien et il m'a bien fait comprendre qu'il était amoureux de Julia. En arrivant devant le chalet, je ne suis pas étonnée de le voir à la porte. La tête basse, il se retourne et me rentre dedans.

— Cette fois-ci, ce n'est pas moi qui ne regarde pas où je vais ! m'exclamé-je en riant.

Son visage rivé au sol, il me contourne et je pose une main sur son bras pour le stopper.

— Théo ? Ça va ? Tu as pu parler à Julia ?

Il secoue la tête sans répondre. J'insiste, me doutant de ce qui vient de se passer. Je l'ai poussé à aller s'expliquer avec ma sœur et désormais, il est triste comme jamais.

— Elle n'a pas voulu m'écouter. Personne n'a d'ailleurs voulu m'écouter. J'ai fait le con, Jo, mais je suis sûr de moi. Je l'aime vraiment, se lamente-t-il.

— Viens avec moi, ordonné-je en lui pressant le bras.

Il me regarde sceptique quand je me dirige vers la porte du chalet.

— Non, je te dis que je ne suis pas le bienvenu.

— Peut-être, mais tu es mon ami et moi je t'invite.

Il comprend ma démarche et finit par me suivre. Son sourire n'est pas encore tout à fait réapparu, mais je me promets de le lui faire revenir, ainsi que celui de ma petite sœur. Cette famille a assez vécu de drames. Il est temps que l'on soit tous heureux.

Nous entrons et je me dirige directement vers le salon. J'entends les enfants s'extasier des cadeaux que le père Noël leur a apportés et je suis heureuse d'y assister.

— Alors qui a été gâté cette année? demandé-je d'une voix forte.

Tout le monde se retourne sur moi et si j'ai le droit à des visages joyeux, certains se referment en découvrant mon invité.

— Je l'ai trouvé devant et comme c'est Noël, l'inviter est une bonne idée, non?

Un brouhaha commence et mon père y met fin rapidement.

— Ça suffit! Si l'un de vous était seul à Noël, je serais content qu'une famille comme la nôtre l'invite. Peu importe ce qu'il s'est passé. Nous sommes tous réunis alors juste pour aujourd'hui, s'il vous plaît, pas de drame!

Mon père, assez réservé habituellement, nous surprend en stoppant toute plainte.

Maman propose des boissons chaudes pour tout le monde, mais je lui intime de rester avec ses petits enfants pour m'en occuper avec l'aide de Théo et Julia. Ils doivent se parler, ces deux-là, et ils vont le faire!

Ma sœur tente de se défiler, mais ma mère l'oblige à me suivre. Comprenant ma manœuvre, un rictus en coin s'affiche sur ses lèvres. Je n'ai pas le temps de faire un pas dans la cuisine qu'elle attaque.

— Pourquoi tu fais ça, Jo ? Il nous a trahies !

Théo essaie de parler, mais elle le fusille du regard, lui faisant ravaler ses paroles.

— Julia, je t'ai déjà dit que nous n'étions pas faits pour être ensemble. Il a fait une bêtise, mais il tient à toi, expliqué-je sincère.

— Pff… n'importe quoi, c'est des conneries ! Un homme capable de tromper sa copine est incapable d'aimer.

Théo se ratatine sur lui-même. Il n'a jamais été très téméraire depuis que je l'ai rencontré, mais là, il est blessé.

— Écoute, Julia, fais ce que tu veux ! Si tu ne l'aimes pas, tu as raison de ne pas lui pardonner, mais je ne connais pas beaucoup de personnes qui oseraient venir dans la famille de la femme qu'il a fait souffrir, s'il ne l'aime pas. Et puis, si cela peut te rassurer, j'ai embrassé Ben bien avant Noël, alors moi aussi je l'ai trompé.

Elle me regarde, mais je ne lui donne pas le temps de répondre.

— Je vous laisse discuter. Et ne sortez pas avant d'avoir pris une décision. C'est Noël, soyez un peu heureux ! m'agacé-je en passant la porte.

Merde à la fin ! Ils peuvent être ensemble en ce jour si particulier et à la place, ils se font la gueule. Que ne donnerais-je pas pour pouvoir me blottir dans les bras de Ben.

Non, mais vous y croyez ? Moi, regretter que ce rustre ne soit pas à mes côtés. *C'est le monde à l'envers !* Ou alors, c'est qu'il se redresse justement…

Je passe un moment avec mes neveux à jouer aux voitures et leur offre à tous un ballon de handball en leur promettant de leur apprendre les bases de ce sport.

Il faut bien que je serve à quelque chose quand même !

J'ai aussi le droit à un cadeau, des places pour aller voir l'équipe de France de handball masculin aux JO.

Les places coûtent une blinde, ils sont fous !

J'embrasse chacun d'eux, un sourire lumineux ne quittant pas mes lèvres. Moi, je ne me suis pas pris la tête et leur ai offert à chaque couple une wonder box. Sauf pour Julia, je lui ai acheté des places pour la Japan expo de Paris pour qu'on passe quatre jours entre sœurs, mais maintenant, j'espère bien qu'elle voudra y aller avec un autre. D'ailleurs, ils sortent de la cuisine avec des boissons chaudes et un regard avec mon ex me fait comprendre qu'il a réussi à la convaincre. Au fond, toute cette situation est bizarre ! *Qui fête Noël avec quatre de ses ex ?* Bah moi ! La poisseuse de service. Seulement, pour une fois, je ne me sens pas si malchanceuse. La famille s'agrandit et voir ceux que j'aime heureux me satisfait. Je n'ai pas envie de ressasser le passé. Noël auprès d'eux me manquait, mais il ne sera pas le dernier et avec un peu de chance, l'année prochaine, je ne serai plus seule. L'idée me fait sourire et c'est à ce moment que Jonathan vient m'embêter.

— Alors, petite sœur, tu n'es pas avec mon ami Ben ?

— Ton ami ? Tiens donc ? Il est parti ce matin. Il reprend le boulot plus tôt que nous.

— Tout à fait, l'homme qui donne le sourire à ma jumelle de cette manière est forcément un ami.

Je lui frappe l'épaule et il se marre avant de rejoindre son amoureux qui l'appelle.

Il est vite remplacé par mes deux grandes sœurs venues me serrer dans leurs bras. Elles me remercient en me montrant avec fierté les cadeaux que leurs bambins leur ont confectionnés. Ce sont des cadres faits par leurs petites mains où j'ai placé des photos de notre après-midi.

Pour Elena, c'est celle prise avec le père Noël et les garçons ont un cliché où je leur fais face au moment du goûter. Ils ont chacun une main pleine de compote tenant mes cheveux. Leur bouille toute barbouillée est craquante. On s'est éclatés à faire ces clichés et je trouve que c'est un super souvenir. Le premier d'une longue série, j'espère.

Après ces effusions, je prends un peu l'air, j'adore la fraîcheur de la montagne. Les paysages sont fabuleux, comment y résister ? Je m'abreuve de ces derniers moments ici. Je descends les marches pour m'y asseoir tranquillement.

— Merci, Jo, pour…

— Merde ! Ce n'est pas vrai !

Théo vient de me faire sursauter et forcément, j'ai glissé et me voilà le cul par terre. Non, mais ce n'est pas bientôt fini cette poisse !

— Oh pardon, Jo, je ne voulais pas te faire peur. Ça va ? s'inquiète-t-il.

Je sens à sa voix qu'il se retient de rire alors que moi je ne peux résister et suis pliée en deux. Je reste au sol tout le long de mon hilarité, impossible pour moi de me lever.

— Décidément, tu ne sais pas tenir debout !

— Eh ! Je te signale que c'est toi qui m'as fait peur, le geek !

— C'est censé être une insulte ?

— Tout à fait ! Je comprends mieux pourquoi Julia et toi êtes tombés amoureux, vous êtes pareils. Aussi geek l'un que l'autre.

Il me sourit et me raconte que c'est comme ça qu'ils se sont rencontrés. Ils étaient partenaires pour une partie de jeu vidéo et de fil en aiguille, ils ont fait connaissance. Quand Julia lui a dit qu'elle passait ses vacances ici, il n'a pas beaucoup hésité avant de venir. Jamais il n'aurait imaginé qu'elle puisse être ma sœur. Il a été aussi surpris que nous au final. Même s'il aurait dû me faire part de ce qu'il ressentait. Ça nous aurait évité tous ces tracas. Enfin, tout est bien qui finit bien !

— En plus, je savais que Ben était intéressé. Ça se voyait comme le nez au milieu de la figure. Pareil pour toi d'ailleurs, vos petites piques, vos engueulades… Je crois même que je comptais que ce soit toi qui me quittes pour lui. Je voulais que l'on reste amis et si je t'avais quittée, je n'étais pas sûr que tu continuerais de me parler. Je t'aime beaucoup, Jo. Tu es vraiment quelqu'un de géniale.

— Merci. Je ne sais pas où ça va nous mener cette relation, mais je pense qu'il faut que l'on essaie.

— C'est un mec bien, tu sais. Et je suis content que tu ne lui en veuilles pas. C'est moi qui lui ai fait promettre de ne rien te dire. Pour le coup, j'ai été vache, j'avais bien remarqué qu'il t'appréciait, mais je n'ai pas réussi à faire autrement.

— De quoi tu parles ?

Il se tait et devient aussi blanc que la neige qui tombe à nos pieds. J'aurais dû m'extasier de voir ce spectacle, mais j'ai un mauvais pressentiment.

— Théo ? Qu'est-ce que tu lui as fait promettre ? insisté-je d'une voix sourde.

— Euh non, mais, Jo, ce n'est rien, c'est moi qui lui ai demandé, s'emballe-t-il.

— Dis-moi ! m'énervé-je en me levant pour le toiser de toute ma hauteur.

J'ai besoin de connaître la vérité, il faut qu'il me raconte ce qu'il me cache. Nous ne pouvons pas commencer une relation sur des mensonges et j'ai bien peur qu'il me mente depuis le début du séjour.

— Il savait que j'étais venu pour une autre que toi. Il m'a emmené ici sans être informé, mais je le lui ai avoué il y a quelques jours.

Putain, c'est quoi cette histoire ? Il était au courant que Théo avait quelqu'un d'autre. Il a bien dû se foutre de moi, ce connard !

Chapitre 22

Ben

Ça fait maintenant trois jours que nous sommes rentrés de vacances et je suis comme un ado devant mon téléphone. Elle m'avait promis qu'elle me contacterait quand elle serait de retour, mais je n'ai rien eu. Pas d'appel en absence. Pas de message.

Tristan n'a pas lâché du trajet. Il m'a charrié comme si c'était moi qui faisais mes premières expériences amoureuses. Je l'ai laissé dire, c'était bon enfant et il est heureux pour moi. Il adore Joana et encore plus depuis qu'il sait qu'elle a joué en équipe de France.

Moi, je suis fébrile. J'ai peur qu'elle ne change d'avis. Je pense qu'elle a eu une vraie prise de conscience pendant son séjour. Entourée de sa famille, elle était lumineuse. Je ne pouvais qu'imaginer son histoire avant et maintenant, je comprends mieux son comportement enfin, je crois… si ça se trouve, je me plante carrément. J'ai découvert sa personnalité durant ses rendez-vous avec Théo. Mais peut-être que je ne la connais pas si bien que ça, finalement.

Merde, voilà que je doute! Bon, allez, je lui laisse jusqu'à demain et ensuite, je réfléchis au moyen de la contacter. Elle m'a dit qu'elle demanderait mon numéro à Théo le jour de mon départ. Elle avait oublié son portable et je n'avais rien pour le lui noter. J'avoue ne pas avoir eu l'idée de prendre le sien, car je voulais que ce soit sa décision et non qu'elle se sente forcée de me répondre.

Faudrait peut-être que j'appelle son frère? Si ça se trouve, il lui est arrivé quelque chose, après tout, maladroite comme elle est…

Y penser me file des frissons désagréables.

— Monsieur Beaumont? Vous êtes avec nous?

— Pardon. Je vous écoute.

Qu'est-ce qu'il me prend de rêvasser en pleine réunion? Cette femme hante mes pensées jusqu'à nuire à mon travail, il faut vraiment que je l'appelle!

— Monsieur Beaumont, on vous demandait si les dossiers de la future bibliothèque sont prêts?

— Oui, pardon pour ce moment d'égarement. Effectivement, ils sont là.

Je passe l'heure suivante à détailler le plan architectural qu'il a demandé. On discute des changements possibles ou non avec l'urbanisme. Et même si je suis dans mon élément, je suis toujours attiré par mon portable qui reste désespérément silencieux. Toutes les cinq minutes, je pose mon regard dessus, on dirait Tristan, c'en est exaspérant!

C'est décidé, j'appelle Théo ce soir!

Après cette interminable journée, je trouve mon cher fils avachi sur le canapé à zapper devant la télé.

— Tu n'es pas resté assis là toute la journée?!

— Oh Pa', c'est les vacances et les potes sont tous occupés, tu veux que je fasse quoi d'autre?

Je lève les yeux au ciel et me retiens de lui faire remarquer qu'il aurait pu faire le ménage ou ses devoirs. Je ne suis pas d'humeur à batailler. Je n'ai qu'une obsession, appeler mon meilleur ami pour avoir des nouvelles de Joana.

Je m'enferme dans ma chambre le téléphone à l'oreille.

— Oui, Ben, je suis en pleine partie, là. Tu as besoin de quelque chose ?

— Je ne te dérange pas longtemps. Je voulais savoir si tu avais bien donné mon numéro à Joana ?

— Pas que je sache, pourquoi je devais ?

Je l'entends jouer en même temps qu'il me parle. Il ne changera jamais… mais bon, il a toujours été comme ça. Et puis pour le moment, je suis plus embêté par ce qu'il me dit que ce qu'il fait.

— Elle ne te l'a pas demandé, t'es sûr ? m'étonné-je en passant ma main libre sur ma barbe.

— Bah non, mais…

Je ne le laisse pas terminer sa phrase, j'ai eu ma réponse, pas besoin de me faire plus de mal.

— OK, merci, mon pote, on se voit pour le Nouvel An de toute façon.

— Ah, euh, attends !

Je l'entends dire à ses coéquipiers ou collègues, je ne sais pas trop comment ils les appellent, qu'il fait une pause.

— Les plans ont changé maintenant que je suis avec Julia.

Apprendre qu'il est officiellement avec la sœur de Joana me fout en rogne. Bien plus que le fait qu'il ne change notre programme du trente et un décembre.

Comprendre qu'elle n'a pas pris la peine de prendre mon numéro m'indique ce que je craignais. Elle regrette…

— Benjamin, tu m'écoutes ? m'interpelle-t-il.

— Quoi !

Je suis irrité et c'est lui qui en fait les frais. Je m'étais promis de ne pas insister si elle refusait de me revoir, mais je ne le supporte pas. Surtout sans explication.

— Je crois comprendre pourquoi elle ne l'a pas fait, souffle-t-il d'une voix qui ne me dit rien qui vaille.

Je l'écoute attentivement raconter leur conversation. Et d'un coup, tout prend sens dans mon esprit. Quel con! Putain, je suis vraiment trop con en fait! Elle doit penser que j'ai privilégié mon meilleur ami plutôt que la vérité, quitte à la faire souffrir.

Tu m'étonnes qu'elle ait une mauvaise opinion de moi!

Mon pote s'excuse encore une fois, mais je ne lui en veux pas. J'aurais dû tout avouer à Joana dès que j'en ai eu l'occasion. C'est moi le connard dans cette histoire, comment pourrait-elle me faire confiance après ça?

Une fois un plan d'attaque en place, je raccroche. Pour moi aussi, la soirée du Nouvel An a changé!

Heureusement, je m'entends bien avec Jonathan, ça va me permettre de la revoir. Je l'ai appelé et même s'il a commencé par m'engueuler, il n'a pas été si dur à convaincre. Je lui ai promis de ne plus lui mentir, et surtout, de toujours la faire passer en premier. Elle a assez souffert des secrets de sa famille. Bien sûr, je suis d'accord avec lui et je vais tout mettre en œuvre pour qu'elle me pardonne.

C'est dans cette optique que j'arrive à l'heure chez lui pour fêter le réveillon du Nouvel An. Je n'ai pas réalisé de gros effort vestimentaire, une chemise sur un jean brut et le tour est joué. J'ai remarqué qu'elle avait apprécié cette tenue. En même temps, on perçoit légèrement mes abdos au travers, je ne vais pas les cacher alors que c'est un travail de tous les jours pour les garder. Je n'ai pas honte de mon corps, j'ai la chance d'être bien bâti faut bien que ça serve.

La porte s'ouvre sur mes hôtes et je les vois échanger un sourire complice.

— Salut, merci de l'invitation.

Ils me laissent entrer en me saluant chaleureusement. Je les suis jusqu'à un salon où une grande table a été dressée. Je retrouve Théo et Julia. Il y a aussi un autre couple d'hommes qui se présentent comme étant des amis de Jonathan et Vince. Je ne n'aperçois pas celle pour qui je suis venu, mais quand j'entends un gros bruit et une voix pester sur ma droite, je sais qu'elle n'est pas loin. Je retiens Jonathan qui comptait aller la voir. L'occasion est trop belle, il faut que j'y aille. Je longe un couloir, et la découvre accroupie avec à côté d'elle un plateau de ce qui semble être des amuse-bouche.

Je m'empêche de rire et la rejoins pour l'aider à ramasser des bêtises.

— J'ai vraiment un problème! J'arrive toujours à faire une connerie, s'agace-t-elle.

Elle a la tête baissée et ne s'attend pas à ce que je sois là. On s'était mis d'accord avec Jonathan pour ne pas l'avertir. J'avais peur qu'elle ne vienne pas si elle le découvrait.

— En même temps, on s'ennuierait sans toi. Enfin moi surtout, qui je sauverais si tu n'étais pas si maladroite? questionné-je un léger sourire aux lèvres d'enfin l'avoir près de moi.

Elle s'arrête de ramasser et lève lentement la tête. Ses iris n'ont jamais été si noirs, si furieux. Je ne sais pas comment me comporter ni quoi dire face à ce regard glaçant. Elle m'en veut et je vais ramer pour qu'elle m'écoute.

— Je n'ai pas besoin de toi! Les menteurs ne sont pas des sauveurs, mais plutôt là pour vous enfoncer.

OK, c'est le moment de sortir les rames!

— Je suis désolé. J'aurais dû te le dire, c'est vrai, mais…

— Non ! Laisse-moi tranquille ! Je ne sais pas pourquoi j'ai cru que tu étais quelqu'un de bien, d'honnête. Je me suis trompée, mais j'ai l'habitude avec les hommes ! Même Vince s'est tourné vers Jonathan…

Je termine de ramasser les derniers vestiges de ce carnage en silence. Car je viens de comprendre que n'est pas le manque de confiance en moi qui la bloque, c'est le manque de confiance en elle. Tant qu'elle n'aura pas retrouvé un minimum de confiance en sa personne, elle ne pourra faire confiance à aucun homme.

— OK, je… Je vais te laisser. Tu dois réfléchir et d'après ce que Jonathan m'a dit, ta vie professionnelle va bientôt changer. Est-ce qu'on peut rester amis ? proposé-je nerveusement.

Surprise, elle me regarde un moment sans répondre. J'en profite pour lui tendre la main et l'aider à se remettre debout. J'aimerais la ramener contre moi, l'embrasser, lui montrer avec mon corps comme je l'aime, mais elle n'est pas prête. J'espère juste qu'elle me laissera être auprès d'elle en tant qu'ami. Comme ça, dès qu'elle le sera, je ferai ce qu'il faut.

— Merci, mais je ne suis pas sûre que l'on puisse l'être tous les deux, s'adoucit-elle.

— Bien sûr que si !

Ma réponse virulente, avec un accent de désespoir, la fait sourire. J'ai conscience de passer pour un mort de faim, mais il faut absolument que je puisse faire partie de sa vie. Je ne peux pas m'éloigner d'elle.

— De toute façon, Théo et ta sœur sont ensemble alors on sera amenés à se revoir.

Son sourire se fait plus grand, il m'éblouit un instant.

— Je parle plus du fait que tu es encore plus beau qu'à Noël et que te voir avec une autre me ferait certainement regretter mon choix.

Je sens mes zygomatiques s'étirer au maximum à cette phrase. Elle m'avoue qu'elle serait jalouse, c'est bien ça ?

— Seulement, je ne suis pas prête. Et je t'en veux toujours. Tu aurais dû me le dire. Tu avais tout le temps pour le faire pendant la randonnée par exemple ! Je ne suis pas sûre de pouvoir te faire confiance et sans ça, il n'y a pas de relation. Alors même si je pense avoir des sentiments pour toi, je ne crois pas pouvoir passer au-dessus de cette trahison.

J'acquiesce, sa déclaration me donne la force de l'attendre. Après tout, j'ai passé plusieurs mois à la voir alors qu'elle était avec mon meilleur ami, je peux bien patienter un peu plus en sachant qu'elle a des sentiments pour moi.

Je trouverai le moyen d'être présent d'une manière ou d'une autre. J'ai la chance d'avoir des alliés de choix dans ma quête, ils me seront d'une grande aide.

Nous retournons au salon et quand Joana explique sa mésaventure, ils sont tous morts de rire. Nous n'avons plus de petits fours, mais cela ne nous empêche pas de passer une soirée agréable.

Et au moment où ils décident de faire un jeu, c'est tout naturellement que nous nous retrouvons ensemble…

Chapitre 23

Joana

Je n'en reviens pas qu'il soit là. Pendant un instant, j'ai pensé à tuer mon frère pour l'avoir invité puis nous avons discuté. Lui en vouloir n'est pas forcément rationnel. Il est vrai que j'aurais préféré qu'il me dise pour Théo, mais au fond ce n'était pas à lui de le faire. Et puis, il se doutait que je tirerais sur le messager, surtout que lui et moi n'étions pas toujours en accord. Je l'ai soupçonné de ne pas me trouver assez bien pour son ami alors je lui en aurais voulu encore plus. J'aurais sûrement cru qu'il cherchait une excuse pour m'éloigner de Théo. Le fait d'avoir mis les choses au clair m'a fait du bien. Avouer qu'il ne m'était pas indifférent m'a libérée d'un poids que j'ignorais ressentir. La réaction qu'il a eue quand j'ai voulu refuser son amitié m'a fait sourire. Et m'a ravie. Qui ne désirerait pas qu'un homme fasse tout pour être proche de soi ? J'ai bien conscience qu'il cherche juste à rester près de moi par ce biais. Et même si cela me flatte, je pense tout ce que je lui ai dit. Je ne suis pas sûre de pouvoir lui faire confiance.

J'aimerais commencer par vivre pour moi et remettre mes envies dans ma liste de priorités. J'ai eu la chance d'avoir un soutien de longue date qui m'a offert un super poste et ils acceptent d'attendre que ma démission soit effective. Je n'en ai parlé à personne encore, car je ne veux pas être le centre de l'attention. L'académie aura ma lettre à la rentrée et après l'acceptation, je serai libre dans quatre mois. Cela ne me dérange pas, bien au contraire, je ne voulais pas quitter mes élèves sans leur dire au revoir. Et puis, cela me permet de me faire à l'idée de cette nouvelle vie.

Je vais enfin exercer la profession qui me passionne et même si ce contrat n'est que pour la fin de saison, j'ai déjà signé pour une place qui fait briller mes yeux rien que d'y penser. Ce sera différent de jouer, mais je vais refaire partie d'une équipe et au fond, cet esprit d'unité me manque.

Jonathan lance une partie de Time's up! en attendant minuit et forcément, comme nous ne sommes que deux à être célibataires, nous sommes d'office ensemble. Mon frère apprécie Benjamin, et il le pense parfait pour moi, mais je bloque. Je ne souhaite pas voir Ben souffrir, mais sa dissimulation m'a peinée.

La partie commence, nous rions beaucoup des mimes des uns et des autres. Nos hôtes gagnent, mais je maintiens qu'ils ont triché, car ils se connaissent depuis plus longtemps, et possèdent un langage bien à eux. Juste avant minuit, je vais chercher le champagne prévu pour l'occasion.

— Je viens m'assurer que tu ne créeras pas de catastrophe cette fois.

Surprise, je pose la main, ou plutôt la bouteille que je tiens, sur mon cœur.

— Tu m'as fait peur! Ce n'est pas toujours de ma faute, là, par exemple, ça aurait été de la tienne puisque tu m'as surprise.

Ben sourit à ma remarque et se rapproche, prenant une bouteille dans ses mains.

— En voilà au moins une qui sera sauvée de ta maladresse.

Je bougonne et empoigne la poignée de la porte au moment où j'entends les exclamations de bonne année retentir. *Merde j'ai loupé le décompte!* Je me dépêche pour trinquer avec tout le monde à cette nouvelle année qui commence, quand je suis tirée en arrière.

Sans comprendre ce qu'il se passe, je sens mes lèvres retenues dans un doux baiser. Je reste un instant sous le choc, puis mon cœur prend le dessus sur ma raison et de ma main libre, je retiens par la chemise celui qui a volé une partie de moi sans que je ne puisse faire quelque chose. Notre baiser n'est pas long, mais tendre. Il ne dure pas une éternité, mais juste ce qu'il faut pour me retourner le cerveau. Je dois me souvenir de mes résolutions pour ne pas céder à toutes mes envies le concernant.

— Bonne année, ma cascadeuse, murmure-t-il au bord de mes lèvres me remettant les pieds sur terre.

Il me sourit d'un air canaille et part comme si de rien n'était. Je reste un moment seule pour retrouver contenance.

Quand je retrouve tout le monde, ils ont fini de s'embrasser et me sautent dessus comme si j'étais le messie. Vince récupère le champagne, en déposant un bisou sur ma joue. Puis, Jonathan m'enferme dans ses bras heureux et un peu pompette peut-être. Dire que ces deux-là vont être papas d'ici quelques semaines. Alors qu'il y a quelques années, c'est moi qui étais avec son fiancé. J'ai toujours su que Vince était bi, il ne s'en est jamais caché, mais de là à ce qu'il se mette avec mon propre frère… Un jour, je lui ai demandé si c'était de ma faute, si je ne l'avais pas dégoûté des femmes, mais il a ri et m'a dit que je serais à jamais la seule femme de sa vie. Il m'a expliqué que même s'il m'aimait, l'amour qu'il porte à mon frère est différent. Et puis leur passion pour la médecine les a rapprochés alors qu'avec moi, il ne partageait que l'amour du sport.

Au réveillon de Noël quand je suis partie avec Sofiane, Anton et Vince nous avons bien sûr parlé de nos ruptures, je me posais des questions, je ne comprenais pas pourquoi Théo avait choisi ma sœur. J'en avais un peu marre d'être seulement le tremplin sur lequel les hommes passaient pour retrouver leurs âmes sœurs. J'aimerais être l'âme sœur de quelqu'un moi aussi. Ils ont été géniaux, car ils m'ont expliqué que je n'étais pas un tremplin, mais une étape. Une étape importante, car grâce à notre relation, ils ont compris qui ils étaient. Et ils avaient surtout saisi que j'avais besoin d'une personne qui me pousserait dans mes retranchements. Une personne qui ne m'a pas connue à cause de mon accident. Un homme qui n'aurait pas peur de me bousculer. Bref, ils m'ont reboostée, même s'ils ont fini par gagner notre bataille de boules de neige… Bon, je les ai cherchés, mais je retiens et je me vengerai l'année prochaine !

La soirée prend fin vers trois heures et bizarrement, je n'ai plus été seule avec Benjamin. Même si je sentais son regard posé sur moi et que je devais faire un effort considérable pour ne pas lui rendre la pareille.

Je me couche heureuse de la perspective d'une année faite de bonheur. J'ai retrouvé toute ma famille et entre le mariage et l'adoption du petit garçon de mon jumeau, ça promet d'être intéressant. J'ai hâte de prendre mon nouveau poste et de commencer une carrière qui me plaise. Bien sûr, Ben n'est jamais loin dans mes pensées, je ne sais pas ce que l'avenir nous réserve et j'aime à croire que si nous sommes faits pour être ensemble alors cela se fera…

La rentrée est arrivée plus vite que je ne le pensais. J'avais oublié ce que c'était que d'avoir à jongler entre Judith, Joyce, Jonathan et Julia. J'ai essayé de passer un peu de temps avec tout le monde, et surtout avec mes neveux et ma nièce. Je souris en me souvenant de ce jour où elle rentrait tout juste de la danse tête basse.

— Bah alors, ma puce, moi qui espérais que tu serais heureuse de me voir, soufflais-je en profitant du câlin qu'elle m'offre à chacune de mes visites.

Elle ne répond pas, mais je l'entends renifler dans mon cou. Je la recule doucement en regardant ses parents qui sont aussi étonnés que moi.

— Ma chérie, qu'est-ce qui ne va pas ? questionne sa mère en s'accroupissant à nos côtés.

— Je suis trop nulle ! Les copines font que de se moquer de moi, dit-elle d'une voix faible où perce toute sa tristesse.

Son père n'hésite pas une seconde pour la prendre dans ses bras et l'asseoir sur la table pour lui demander ce qu'il s'est passé.

— C'est juste que je suis nulle, papa ! Je veux plus y aller ! Ils font toujours la compétition et moi j'arrive pas, boude-t-elle les bras croisés et le regard fuyant.

Voyant ses parents désemparés, je lui propose :

— Tu aimerais faire un autre sport ?

Elle ne me répond que d'un simple hochement de tête alors je reprends :

— Tu as une idée ? Peut-être qu'un sport d'équipe te plairait ?

— Oh oui !

— Je préviens, si c'est une équipe mixte c'est hors de question ! s'exclame Sofiane nous laissant muettes jusqu'à ce qu'un regard envers ma sœur me fasse éclater de rire.

— Ta fille va dans une école mixte ! lui rappelle Judith.

— Rien à voir ! répond-il en levant les yeux au ciel.

— Dis-moi, tu sais que ta fille est en maternelle ? Et là-bas ils vont tous aux toilettes en même temps et dans la même pièce… dis-je en souriant moqueuse.

Son visage est devenu blanc comme un linge et on a cru qu'il faisait un malaise, notre papa poule.

Judith et moi avons bien ri et retrouver notre complicité m'a fait beaucoup de bien.

Bien sûr, ils m'ont tous posé des questions sur Ben, et j'ai botté en touche. Mes parents n'ont pas tari d'éloges sur lui et son fils et même si j'ai ressenti un pincement au creux de mon ventre à chaque fois, savoir ce qu'ils pensent de lui me rassure. Je ne l'ai pas revu depuis le Nouvel An et cela m'a permis de faire le vide et de réfléchir à mes décisions. Je reste persuadée qu'il faut que je prenne mon poste avant de revenir vers lui. En revanche, une fois que j'y serai, il est possible que je le laisse s'approcher. Julia m'a dit qu'il demandait souvent de mes nouvelles à Théo et ça m'apaise. Il ne m'a pas encore remplacée. C'est égoïste, je sais…

C'est donc le jour J, je vais dire adieu à ce lycée. J'ai envoyé ma lettre de démission, après avoir pris ma décision, que l'académie a validée rapidement. Me permettant de partir sereinement en ce mois d'avril. La nouvelle s'est répandue comme une traînée de poudre, tous les élèves savent que je pars, mais chaque fois, je lance le même discours attendant qu'ils soient tous à l'écoute pour prendre la parole :

— Bon, comme vous le savez sûrement, c'est notre dernier cours ensemble. Dès lundi, un autre professeur prendra ma place.

— Ce n'est pas cool, M'dame, on vous aime bien, nous !

La réaction d'Alaric me fait sourire alors que Tristan, lui, ne m'adresse pas un regard.

— Moi aussi je vous aime bien, mais j'ai d'autres ambitions que de faire courir des ados boutonneux…

Certains rient, d'autres râlent à cette remarque, jusqu'à ce que Tristan pose enfin la question qu'ils ont tous sur les lèvres.

— Vous allez faire quoi si ce n'est pas prof ?

— Ah, ça, certains le sauront bien assez tôt ! Je vais revenir à mes premiers amours, dis-je en souriant.

Certains font des commentaires, mais je n'y prête pas attention.

— Vous retournez en équipe de France ?

Tous se taisent d'un seul coup. Je me doutais qu'il me poserait la question, il sait que je veux devenir coach puisqu'il était là à Noël. Il en sait plus que tout le monde ici.

— Bientôt! Effectivement, je vais entraîner l'équipe de France de handball en juillet, mais j'ai d'autres projets avant.

Tout le monde y va de sa petite réflexion, entre joie et surprise. Certains sont déjà en train de se réjouir de pouvoir dire que j'étais leur prof principale. Ça me fait doucement rire, mais le regard noir de Tristan me stoppe.

Je reprends le cours avec des jeux sympa et mets fin au dernier cours de ma vie de professeur.

— Tristan, tu peux rester s'il te plaît? demandé-je à celui qui a passé les deux heures à envoyer chier tout le monde.

Il a le dos tourné et n'a pas très envie de me parler. J'attends que nous soyons seuls pour commencer.

— Je peux savoir ce que je t'ai fait?

— Rien. Je peux y aller? Mon père est pressé! s'impatiente-t-il.

À la mention de son père, je constate qu'il m'en veut.

— Ça tombe bien, j'aimerais lui parler.

— Désolé, mais il n'a pas le temps ce soir.

Je fronce les sourcils, et m'apprête à le suivre quand même, quand il m'assène le coup de grâce.

— Il a un rendez-vous. Il ne faudrait pas qu'il la fasse attendre, vous comprenez?

Je hoche la tête, déçue. Je comprends que j'ai été trop bête de l'avoir fait patienter, même si quatre mois c'est long je trouve qu'il n'a pas perdu de temps. Mon frangin m'avait pourtant dit qu'il lui demandait toujours de mes nouvelles. J'ai bêtement cru qu'il m'attendait encore…

Dire que je souhaitais lui expliquer en quoi consistait mon nouvel emploi pour les mois à venir. Je voulais lui donner sa chance. Nous donner une chance. Mon cœur se brise comme je ne pensais pas possible de le ressentir. Une forme de désespoir s'empare de mon être et je comprends enfin ce qu'est un chagrin d'amour.

Chapitre 24

Ben

En voyant Tristan sortir de cours la tête basse, je devine qu'il s'est passé quelque chose. Aujourd'hui, on devait fêter son admission dans une équipe de handball réputée. L'entraîneur l'a sélectionné et on a su cela en début de semaine. Il était super excité de commencer. Je ne l'avais jamais vu si enthousiaste. En même temps, c'est le tremplin idéal pour sa future carrière. Surtout avant les sélections pour l'équipe de France moins de dix-huit.

— Vas-y, Pa', on se dépêche! ordonne-t-il presque.

Je le suis par obligation, mais n'aime pas la manière dont il me parle.

— Je peux savoir ce qui te prend? Ta journée s'est mal passée?

Il bougonne, mais ne répond pas. Je décide de le laisser bouder le temps du trajet jusqu'au restaurant. J'aurai bien le temps de lui tirer les vers du nez là-bas. Nous arrivons dans sa pizzeria préférée où l'on s'installe en silence. Le serveur ne tarde pas à venir prendre nos commandes et quand il s'en va, je me lance.

— Allez, je t'écoute, dis-moi ce qu'il se passe.

— Non, je n'ai pas envie. Je suis dégoûté, c'est tout! s'exclame-t-il en s'affalant sur la banquette.

— De quoi? Tu as eu une mauvaise note?

Il lève les yeux au ciel, agacé.

— Elle se barre!

J'ai peur de comprendre ce qu'il me dit, mais préfère faire comme s'il parlait de quelqu'un d'autre.

— Ta copine? demandé-je, même si je serais surpris de savoir qu'il a quelqu'un. Depuis Maya, il ne m'a plus parlé de fille. Je crois qu'ils ont un accord tous les deux.

— Non, la tienne, si elle n'était pas si bête! s'agace-t-il en me fixant.

— Eh, ne l'insulte pas! On savait qu'elle partait, elle l'avait dit à Noël, qu'est-ce qui te choque?

Les pizzas arrivent et nous attrapons chacun une part avant de reprendre.

— Mais, papa, elle part entraîner son ancienne équipe! Elle va partir, je te dis! Elle ne t'a même pas laissé de chance en fait!

OK, je crois que j'ai trop bassiné mon fils avec mes sentiments. C'est vrai qu'elle ne quitte pas mes pensées et que dès que je le peux, je demande de ses nouvelles, mais il ne doit pas imaginer qu'elle devrait me choisir plutôt que sa carrière. Elle a raison de saisir cette opportunité. Je ne peux qu'en être qu'heureux pour elle, car elle le mérite.

— Tristan, on ne peut pas la forcer à être avec moi.

— Je sais, mais je suis sûr que vous êtes tous les deux des idiots à attendre je ne sais quoi. Franchement, tu ne vas quand même pas finir ta vie seul!

Ces mots me font rire et je lui promets que je ne serais pas seul toute ma vie.

— Au pire, je prendrai un chien ! essayé-je de le rassurer au maximum.

Il doit se concentrer sur sa nouvelle équipe et sa passion et non se préoccuper de mon avenir.

Je clos cette discussion en lui posant des questions sur ses futurs coéquipiers qu'il a rencontrés hier soir. Nous n'avions pas eu le temps de nous voir après, je passe mon temps au boulot en ce moment. Au début, c'était pour rattraper le retard que j'ai pris à rêvasser et maintenant, c'est pour m'éviter de courir après celle qui rend fou mon cœur.

Demain, je vais assister au match de l'équipe de Tristan, il sera sûrement sur le banc puisqu'il n'a pas encore eu d'entraînement, mais je me dois de le soutenir.

Quand on rentre, on file tous les deux dans nos chambres respectives. Je suis vanné et puis j'ai besoin de vérifier une chose auprès d'un ami.

> Tristan vient de me dire que ta sœur partait, c'est vrai ?

J'envoie un texto à Jonathan avant d'aller sous la douche pour éviter d'attendre une réponse qui ne n'arrivera pas forcément tout de suite. Ce n'est qu'en sortant une serviette autour de la taille que je lis son message.

> Oui, on lui a proposé un super boulot, pourquoi ? Et toi tu as tourné la page assez vite, je trouve… La semaine dernière tu étais encore à te lamenter, tu me déçois…

Je ne comprends pas ce qu'il insinue et ça m'agace qu'il ne m'en dise pas plus sur le nouveau poste de sa sœur.

Quelle page? Elle va travailler où?

Il ne répond pas à ce message me laissant dans le flou. Je reste éveillé toute la nuit à y réfléchir. Pourquoi Jonathan croit-il que je l'aie oubliée? Sa sœur m'obsède et après quatre mois sans la voir, je ressens toujours ce besoin d'elle. Je ne comprends pas ce qui se passe, mais je me promets que dès ce week-end j'irai la voir. Théo m'a donné son adresse et même si je m'étais refusé de m'en servir jusqu'ici, là il s'agit d'un cas de force majeure. Hors de question qu'elle parte sans que l'on ait discuté, ne serait-ce que pour lui rappeler que je l'attends. Je ne vais pas me laisser faire comme ça.

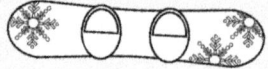

— Bon, tu es prêt? questionné-je mon fils avant de sortir de la voiture garée sur le parking du complexe sportif.

— Oui, Pa'! Je ne vois pas ce qu'il peut se passer de toute façon sur le banc des remplaçants.

Il n'a pas tort, mais c'est un moment important pour lui. Il va faire ce qu'il aime et si ça fonctionne bien, ça peut lui ouvrir les portes de l'équipe de France. C'est son rêve depuis toujours! On sort de la voiture et il part embrasser sa mère venue spécialement pour l'occasion. C'est tellement rare qu'elle fasse le déplacement que j'en serais presque choqué.

— Salut, mon beau, alors comment vas-tu?

Je comprends qu'elle s'adresse à moi une fois que je vois notre fils plus loin. *Merde, j'ai du mal à supporter cette pimbêche !*

Oui, je sais c'est la mère de mon fils, mais c'est quand ça l'arrange, alors franchement, mon estime pour elle n'est pas au top.

— C'est bon, Mélodie, tu t'en fous, on ne va pas faire comme si on s'appréciait.

Elle feint d'être étonnée par mes propos, mais ça ne prend pas avec moi. Nous avons couché ensemble une fois et on était très jeunes. Tristan est tout ce qui nous lie. Je la tolère pour cette raison. Après tout, c'est moi qui ai élevé notre fils, car elle n'en a pas voulu quand il est né. Elle se contente d'être là à son anniversaire et parfois, aux compétitions auxquels il l'invite.

Je la dépasse pour ne pas louper le début du match. Je vois les tribunes se remplir et j'entends mon prénom.

— Eh Ben ! On est là !

Quand je trouve enfin d'où viennent ces voix, je suis étonné de découvrir toute la famille Moreau. Je me fraye un chemin vers eux en essayant de voir où est la maladroite de la famille, sans succès.

— Bonjour, euh vous imaginez bien que Tristan va sûrement rester sur le banc ce soir, ce n'était pas la peine de vous déplacer.

Ils se regardent tous confus avant que Théo ne prenne la parole.

— On n'est pas là pour ton fils. Je ne savais même pas qu'il commençait aujourd'hui !

— Mais alors qu'est-ce que vous faites ici ?

Ils me font un signe vers le terrain et quand je me tourne, je découvre Joana qui parle avec les joueurs. D'abord stupéfait, c'est l'exclamation de mon fils qui me rend mon sourire.

— Pa' ! T'as vu ma nouvelle coach ! s'enthousiasme-t-il un large rictus illuminant son visage.

Oh oui, j'ai vu… Et lorsque celle-ci regarde dans ma direction, je me sens heureux. Moi qui rêvais de la revoir, me voilà servi.

— Ah, enfin je te retrouve ! Tiens, je t'ai pris une boisson.

Une main sur mon épaule, mon ex me tend ladite boisson. Je la prends d'un geste sec. J'ai vu le regard de Joana quand Mélodie est arrivée près de moi et je ne peux pas supporter qu'elle croie que j'ai pu l'oublier au profit d'une autre.

— Ouh ouh, Tristan, mon chéri !

Elle sautille à grand renfort de gestes de la main, mais notre fils fait semblant de ne pas la voir.

— C'est bon, Mel, je crois qu'il sait que tu es là ! soufflé-je agacé.

Elle se calme, mais reste toujours collée à moi malgré la distance que j'essaie d'instaurer entre nous. Je sens le regard de la famille Moreau me brûler le dos et je n'ai qu'une envie ; crier qu'elle n'est pas avec moi ! Qu'elle est simplement mon ex !

Ce n'est qu'à la mi-temps que je me rapprocher de Jonathan, en pleine discussion avec Théo.

— Salut !

— Ça va, elle ne te colle pas trop, ton ex ? D'ailleurs qu'est-ce qu'elle fout là ? me questionne mon pote qui connaît bien Mélodie.

Nous étions dans le même lycée, il était présent durant notre histoire. Il sait surtout ce que je pense d'elle et du fait qu'elle a abandonné son fils dans mes bras arguant qu'elle était trop jeune pour s'occuper de lui. Comme si moi, j'étais prêt pour ça !

— Tristan l'a appelée et pour une fois, elle est venue. Je m'en serais bien passé, mais c'est sa mère…

Il hoche la tête et d'un coup je le vois foncer vers quelqu'un derrière nous. Je crois d'abord que c'est Julia, ils ne se décollent plus ces deux-là, mais non. Il intercepte mon ex et je souffle de soulagement sous le rire de Jonathan.

— Théo m'a expliqué qui elle était, mais ça ne justifie pas ce qu'a rapporté Tristan à Jo hier.

Étonné, je me demande ce qu'a encore inventé mon ado de fils.

— Je ne sais pas de quoi tu parles. Je n'ai pas tourné la page, loin de là. Je pensais justement aller la voir chez elle demain pour le lui préciser. C'est elle qui m'a dit avoir besoin de temps, moi je n'attends qu'un signe d'elle.

— Ton fils lui a raconté que tu avais un rendez-vous avec une femme hier soir.

— Oh merde! Mais non, j'étais avec lui dans une pizzeria pour fêter sa sélection dans cette équipe. Quel petit con! Il était fâché contre elle et a dû vouloir se venger.

Jonathan se marre, mais moi, pas du tout! Maintenant qu'elle croit que je suis sortie avec une autre, elle ne va jamais accepter de me laisser une chance.

Il me donne une tape dans le dos ce qui met fin à notre conversation et à la mi-temps par la même occasion.

Nous rejoignons donc nos places, mais cette fois, mon meilleur ami et sa copine font en sorte de me séparer de Mélodie. Je les remercie d'un regard et le match reprend.

Je découvre Joana dans son élément, elle parle à ses joueurs, leur prodiguant des conseils sans jamais hausser le ton. Quinze minutes avant la fin, elle demande un changement et fait entrer Tristan en tant qu'ailier gauche. D'abord surpris, il finit par enlever sa veste de survêtement et taper dans les mains de son coéquipier qu'il remplace. La fierté que je ressens à l'instant où je vois le sourire de mon fils s'épanouir est immense. Il se concentre et pendant les quinze minutes restantes, il prend sa place dans l'équipe. Ils remportent le match trente-huit à vingt-neuf et tout le groupe se félicite.

On attend tous Tristan et sa coach qui sont dans les vestiaires. Je veux pouvoir m'expliquer avec Joana, elle ne doit pas rester sur ce qu'elle croit. Heureusement, j'ai l'appui de sa famille alors dès qu'elle sort, je ne réfléchis pas et la tire par le bras et l'emmène dans un coin tranquille. Elle commence par se débattre, mais je ressers un peu ma poigne pour qu'elle ne puisse s'enfuir.

— Non, mais ça ne va pas ! Pourquoi tu me tires comme ça ? Je suis assez grande pour marcher quand même !

L'entendre pester contre moi me fait sourire, mais je retrouve vite mon sérieux pour qu'elle comprenne bien ce que j'ai à lui dire.

— Je te demande juste de m'écouter, Joana !

— Je sais…

— Non, tu dois m'écouter, insisté-je.

Elle hoche la tête les bras croisés sur son torse. Ses cheveux blonds coincés dans une queue de cheval et sa tenue d'entraîneuse lui vont à ravir et je n'ai qu'une envie ; l'attirer dans mes bras. Je me secoue pour lui dire tout ce qu'elle doit savoir. Je ne veux plus qu'elle doute de ma sincérité ni de ma motivation à être avec elle.

— Je n'ai jamais dîné avec une autre femme. C'est la mère de Tristan qui était à côté de moi tout à l'heure. Depuis que je t'ai rencontrée ce fameux jour au lycée, je n'ai pas pu penser à une autre que toi. Tu as évincé toutes les femmes qui passent. Avec ta maladresse, ta joie et ton courage, tu m'as rendu complètement accro. Je n'ai pas toujours été agréable envers toi, mais franchement qui le serait ? Voir la femme dont je suis tombé amoureux en couple avec mon meilleur ami m'était insupportable. Seulement, j'espérais qu'en restant près de vous, j'avais peut-être une chance qu'un jour, tu me regardes tel que je suis. Si tu savais la torture que c'était, je n'explique pas comment j'ai pu faire pour ne pas tout envoyer valser et prendre ce que j'avais envie de prendre. C'est-à-dire toi ! Alors je comprends que tu as besoin de temps et que tu m'as demandé de te laisser tranquille. Cependant, je voulais te dire encore une fois que je suis là et que je t'attends. Peu importe le temps qu'il te faut, je serai patient, juste, ne doute pas de moi. Je ne ferai rien qui te ferait du mal, je te le promets.

Mon laïus terminé, je suis essoufflé. Elle a gardé la même posture, et je n'arrive pas à déterminer ce qu'elle ressent. Alors je recule afin de rejoindre mon fils. Je le vois discuter avec sa mère.

— Tu attends quoi? s'exclame-t-elle.

Étonné de l'entendre, je me retourne vers la belle blonde aux yeux sombres, brillant d'émotion. Comme je ne comprends pas sa question, je reste muet face à elle. Elle me sourit avant de s'expliquer.

— Tu peux prendre ce dont tu as envie. Je suis là! Tu attends quoi?

Je ne bouge pas d'un iota tellement surpris par ce qu'elle me dit. *Merde, j'ai bien compris? Elle me veut? Elle est prête?*

Je dois être trop lent, car c'est elle qui s'avance vers moi et qui, sur la pointe des pieds, pose ses lèvres au coin des miennes. Mon cœur s'accélère et mon cerveau court-circuite.

— Je t'aime! Même si tu n'es qu'un rustre...

Ce n'est qu'au moment où je l'entends me chuchoter ces mots que je réagis. Je l'enlace et lui offre un baiser digne des plus beaux films romantiques. Nous nous donnons en spectacle, mais je m'en contrefous. Elle m'aime et je veux que tout le monde sache que cette femme est mienne!

Nos familles applaudissent et mon sourire se colle au sien, au moment où son père s'exclame:

— Eh bien, on va être nombreux à Noël prochain!

Épilogue

Joana

Le soir du réveillon de Noël, deux ans plus tard.

— Chérie, quand est-ce que tu vas saisir qu'il faut que tu te poses ?

Je lève les yeux au plafond, j'en ai marre d'entendre toujours la même phrase sortir de sa bouche. J'aime ce mec, je comprends qu'il s'inquiète, mais franchement, si je ne peux pas participer au concours de bonhomme de neige en tant qu'arbitre, je vais faire quoi ?

— Ben, je suis assez grande pour savoir ce que je suis capable de faire et là, rester assise ne va pas me tuer. Tu peux même me porter jusqu'à la chaise si ça te fait plaisir. Mais je participe !

Il ronchonne, mais comprend qu'il ne gagnera pas la partie. Les autres se foutent de sa gueule, alors pour éviter toute guerre de testostérone, je l'embrasse dans le cou. Ça a le don de le détourner des membres de ma famille.

Ce Noël est particulier, comme mon père l'a prédit, chaque année nous sommes plus nombreux. Beaucoup plus nombreux ! Déjà, Julia et Théo nous ont annoncé qu'ils allaient se marier, ensuite Jonathan et Vince ont accueilli leur fils, Édouard, un an et demi. Et c'est au même moment que Joyce nous a appris être enceinte de trois mois. La petite Eli est née le mois dernier. Imaginez ma mère, elle est complètement folle d'eux et surtout ravie que nous soyons tous présents pour ces vacances familiales. Tradition oblige, chacun se prépare à faire son bonhomme de neige. Cette année, je n'ai pas d'autre choix que de regarder, mais ce n'est que partie remise. L'année prochaine, je compte bien remporter la compétition avec mon futur époux. Oui, Benjamin a fait sa demande. J'ai été très surprise, mais c'est la suite logique de notre histoire. Je suis sûre de l'aimer et, quoi qu'il arrive, la vie m'a montré qu'il y a toujours un sens à chaque événement.

— Bon, vous êtes prêts ? Attention, c'est parti !

Je les regarde s'activer et me marre de les voir se disputer entre eux. Tristan a pris ma place auprès de son père et comme ils ont l'esprit de compétition, ce sont les plus concentrés. J'avoue que je ne vois plus vraiment les autres maintenant captivées par les mouvements de cet homme si attirant. Même emmitouflé dans sa parka et son bonnet sur la tête, je le trouve impressionnant de virilité.

Ils finissent presque tous en même temps et je détache mes prunelles de mon obsession afin de jouer mon rôle correctement.

Je passe devant chaque création et si certaines sont de travers, difformes, genre Judith et Sofiane ont fait leur tête plus grosse que le corps… Joyce et Anton ont fait un bébé bonhomme de neige, soi-disant sa grossesse a épuisé ma sœur et du coup Anton a dû tout faire seul. C'est surtout qu'elle n'a jamais excellé dans cette tradition, on le sait tous !

Il n'en reste plus que deux en course et je n'ai plus qu'à désigner les vainqueurs.

— Bon, pour la touche d'originalité, les vainqueurs sont Ben et Tristan ! annoncé-je en me levant de ma chaise.

Alors que les deux gagnants se font un *high five*[8]. Les autres se plaignent de mon manque d'impartialité.

— Ils ont fait une barbe à leur bonhomme de neige ! C'est hyper original ! De toute façon, c'est moi l'arbitre donc je ne veux rien entendre !

On retourne tous à l'intérieur où nos parents sont restés pour s'occuper de leurs petits-enfants.

C'est le moment de mettre la table pour le réveillon, alors après avoir déposé mon manteau, je passe par la cuisine. Ma mère me tend un plateau avec des verres, mais je n'ai pas le temps d'aller jusqu'à la table que Benjamin me le prend des mains.

— Non, mais ça suffit là ! Je peux encore mettre la table ! m'écrié-je offusquée.

— Écoute, ma puce, il ne t'est rien arrivé depuis quelque temps, s'il te plaît, ne tente pas le diable.

— C'est bon, j'ai l'habitude maintenant et puis tu as dit que tu aimais ma maladresse… réponds-je boudeuse.

Il m'enlace et me fait oublier cette discussion d'un baiser. Crotte, ça marche à chaque fois ! Dès qu'il me touche, j'oublie tout le reste. Il le sait et s'en sert contre moi, le bougre !

— Allez, file voir ta nièce, elle te réclame.

Il sait comme j'aime passer du temps avec Elena, comme avec mes autres neveux et nièces, mais Elena et moi avons plus en commun. On a le goût du sport collectif et des sensations fortes. Cette année, elle a commencé les cours de ski et elle est hyper douée.

Installée sur le canapé, je la rejoins.

— Oh putain !

---

8 Geste de victoire qui consiste à présenter sa main ouverte et levée pour qu'un partenaire ou ami vienne en frapper la paume.

Bon bah, j'aurai essayé! Je me retrouve encore le cul par terre sans savoir pourquoi. Ben se précipite sur moi au moment où je comprends ce qui s'est passé.

— Qui c'est qui a foutu de l'eau par terre?! Non, mais ce n'est pas franchement malin!

Non, mais c'est vrai quoi! Ils ne peuvent pas essuyer, et avertir les gens!

Ben m'aide à me relever, et ma mère vient nettoyer les dégâts.

— Euh Jo! m'interpelle Vince.

— Quoi!

Je suis sèche dans mes paroles, mais j'en ai tellement marre de mes bourdes à répétition.

— Ce n'est pas de l'eau! dit-il en riant.

— Mais ça revient au même!

Tout le monde est maintenant autour de nous et quand Judith regarde le sol, elle sourit.

— Jo, c'est le bébé! Tu viens de perdre les eaux!

Je la dévisage prête à me foutre de sa gueule quand une contraction me tord le ventre.

— Putain! Chéri, grouille-toi! crié-je sans pouvoir bouger pour autant.

D'un coup, je vois tout le monde courir partout, ma mère m'ordonne d'aller dans la voiture avec Ben et très rapidement mes sœurs débarquent avec mes valises.

— Allez courage, Jo, on va vous rejoindre à l'hosto.

Je ne prête pas attention à ce qu'elle me dit, les contractions sont intenses et déjà rapprochées. Je serre les dents autant que je peux, mais je vais finir par hurler si on ne part pas immédiatement.

Ben a dû sentir qu'il fallait mettre la seconde, car il démarre et nous partons sur les chapeaux de roues.

Après quatre heures de contractions épouvantables et six poussées, notre merveille est arrivée. Je la regarde, emmitouflée dans les bras de son père. Notre petite Inès est un mélange du meilleur de nous. *J'espère juste que ma fille n'héritera pas de ma maladresse légendaire…*

Aujourd'hui, 8 ans après mon accident, je suis la plus heureuse des femmes. J'ai compris que chaque personne qui passe dans notre vie est là pour une raison. Elles nous aident à grandir, à nous connaître nous-même. La vie est bien faite, finalement, non ?

FIN

201

Remerciements

Comme pour le premier, je remercie mon Doudou, mon mari, l'homme sans qui vous ne liriez pas ces histoires. Mes enfants qui pour certains ne comprennent pas trop ce qu'il se passe. Juste qu'il y a les livres de maman dans les magasins… mdr. C'est abstrait pour eux et on ne va pas se mentir, pour moi aussi. Je suis fière, mais je ne réalise pas vraiment. Je fais juste une chose que j'aime, point. C'est sûrement pour cela que vos mots me touchent aussi profondément.

Merci à mes bêta et pour celui-ci, mon dieu il y en a eu… Ma fame, Coraline G, ma sœur Elodie P, ma pétarce Sarah, alias Hamber.zaz, mais aussi Guylaine et The booking girl vous avez été tellement top ! Vous m'avez ouvert les yeux sur des choses que je ne voyais pas et su pointer les soucis. Merci infiniment pour votre travail, je vous en serai éternellement reconnaissante.

Je remercie également ma (grande) famille. Parce que vous avez découvert une autre version de moi et vous l'avez accueillie à bras ouverts. Vous n'imaginez pas comme votre soutien m'est précieux. Les lecteurs sont ceux qui font notre meilleure publicité, mais quand c'est la famille qui le fait ça a encore une autre saveur.

Je remercie bien évidemment mon éditrice Anaïs Mony, sans qui je n'écrirais pas ces mots. Elle met son professionnalisme et sa bienveillance au service de ses auteurs et croyez-moi, elle le fait avec passion. Passion de l'écriture ou des coups de fouet ? Ça reste encore à déterminer…

La correctrice de ce bébé « les_corrections d'emy » qui a fait son travail avec toute la bienveillance qui la caractérise.

Je remercie la team Caméléon, ceux qui sont là depuis le début et ceux qui arrivent. Les auteurs : Hamber.zaz, Emma Saucet, Jane yam, Elisabeth Jouvin, Nanie Bai, Enolla Brunetti, Melissa Rivière, Flora, MarisaGS, Gayls, Patricia, Evy Barnes, Claire, Amy, Alexia, Julie-Anne Bastard et KDL Kdesailes…

Quenn Zaza ! La cheffe du comité qui fait un travail de dingue en coulisses, merci également au comité de lecture.

Les Chroniqueurs/euses je ne les citerai pas tous parce que bon Dieu vous êtes bien trop… Mais Parchemin des lecteurs, Bookstagram Alias ma pipelette et ma pépitas… Gwen de les lectures de Gwen qui est adorable, la timide Lisa ou Joy bouquine… et tant d'autres… Vous êtes top ! Continuez à promouvoir les écrits des auteurs avec passion comme vous savez si bien le faire.

Cette histoire est bien différente de la première, mais elle n'est pas moins écrite avec toute la sincérité qui me caractérise. Pour chaque histoire que je vous propose, je vous offre une partie de moi. Ici, je vous parle d'une malformation décrite par Joana avec des mots simples, ceux qui m'ont été dits quand j'avais 14 ans. La Dysplasie fémoro-patellaire n'est pas quelque chose de grave, mais de gênant. Quand je vous dis que je mets beaucoup de moi dans les livres, celui-ci bat des records !

D'ailleurs, serez-vous capable de découvrir quelle maladresse subit Joana m'est également arrivée ?

Je serais curieuse de le savoir…

N'hésitez pas à venir discuter avec moi sur les réseaux et surtout, surtout s'il vous plaît, pensez aux commentaires sur les plateformes. Parlez de votre lecture à vos amis, votre entourage. Ce livre n'est rien sans vous, l'auteure que je suis n'est rien sans vous…

Prenez soin de vous, à très vite pour de nouvelles aventures !

Justine

Contact

Retrouvez Justine sur Facebook et Instagram
Mail : leseditionscameleon@hotmail.com
Site Web : http://www.leseditionscameleon.com

Nos romans

Vous avez aimé ce roman, découvrez d'autres histoires qui devraient vous plaire !

Dans la même collection :

«*La mélodie des sentiments*» et «*Au cœur de nos âmes*» de Jane Yam

«*Quand les lumières s'éteignent*» de Mélissa Rivière.

«*Des paillettes dans le sable*» de Enolla Brunetti

«*Nous interdire d'aimer*» de Justine Pottier

«*Rescue 66*» de Elisabeth Jouvin

«*Dans le cœur de Charlie*» et «*Un ours grincheux pour Noël*» de Hamber Zaz

Et si vous avez l'âme d'un caméléon, voici les autres titres de notre collection imaginaire.

«*Les chroniques de Télès*» de Gayls

«*Sœurs de légende*» de Marisa G.S

«*Aquilon*» de Nanie Bai

« *La créature des Lymbes* » de Patricia Lafon

« *Versaces, les anges oubliés* » de Anaïs Mony

Et si vous avez l'âme d'un caméléon, voici les autres titres de notre collection tension

«*Mon immortel*» de Evy Barnes

«*Dans l'ombre d'Élia*» de Anaïs Mony

« *Le recueil Interdit* » collectif

Imprimé via Book On Demand